Estudios del Natural

Por

Arthur Conan Doyle

El Holocausto de Manor Place

Cuando uno estudia la psicología criminal, llega forzosamente a la conclusión de que la más peligrosa de todas las mentalidades es la del hombre desmesuradamente egoísta. Es este un hombre que ha perdido su sentido de la proporción. Su propia voluntad y su propio interés han borrado en él toda conciencia de sus obligaciones hacia la comunidad. El carácter impulsivo, los celos, la sed de venganza, engendran el crimen; pero el egoísmo llevado hasta la locura es el más peligroso y también el más odioso de sus progenitores. Sir Willoughby Patterne, el eterno prototipo de todos los egoístas, puede ser un personaje divertido e inofensivo a condición de que todo le vaya bien; pero basta con que le sea negado algo de lo que desea, para que de ello se deriven las más monstruosas consecuencias.

Huxley ha dicho que en esta vida, uno está perpetuamente jugando una partida con un adversario invisible, que sólo deja sentir su presencia cuando uno comete una falta: entonces, le impone un castigo. El jugador que comete la falta de ser egoísta puede tener que pagar un precio terrible por ello. Pero hay algo inexplicable en las reglas de ese juego y es que algunos, que son sólo espectadores de la partida, pueden verse obligados a ayudarle a pagar. Lean la historia de William Godfrey Youngman, y vean lo difícil que es entender las reglas que rigen dichos castigos. Aprendan también que el egoísmo no es un pecadillo inofensivo, sino una malvada raíz capaz de producir los más monstruosos frutos.

A unos sesenta kilómetros al sur de Londres, y cerca del balneario, bastante pasado de moda, de Tunbridge Wells, se halla la pequeña localidad de Wadhurst. Está situada en el condado de Sussex, aunque cerca de los confines del condado de Kent. Es una región de gran riqueza ganadera, y los granjeros son en ella una clase floreciente, pues se hallan lo bastante cerca de la metrópolis para beneficiarse del inmenso apetito de ésta. Entre esos granjeros vivía, en el año 1860, un tal Streeter, dueño de una pequeña granja y padre de una hermosa hija, Mary Wells Streeter.

Mary era una chica fuerte y robusta, de unos veinte años de edad, experta en todos los trabajos del campo, y también con cierto conocimiento de la ciudad, pues tenía amigos allá. Tenía sobre todo uno: un joven de veinticinco años, al que había conocido en una de sus ocasionales visitas y que se había sentido tan atraído por ella que la había seguido hasta Wadhurst, donde se alojó, por una noche, en casa de su padre.

El padre no encontró nada que objetar al pretendiente, un chico vivaz e imperioso, que quizá pecaba de vaguedad a la hora de describir sus ocupaciones y sus expectativas de futuro, pero que resultaba una excelente compañía para charlar junto al fuego.

Y así fue como un chico sagaz y educado en la ciudad, William Godfrey Youngman, se hizo novio de una chica sencilla y educada en el campo, Mary Wells Streeter, siendo digno de mención el hecho de que William lo sabía todo de Mary, mientras que Mary sabía muy poco de William.

El 29 de julio de ese año cayó en domingo, y Mary se sentó por la tarde junto a la ventana de la sala de estar de la granja, con su legajo de cartas de amor en el regazo, leyéndolas una y otra vez. Fuera se extendía un pequeño cuadrado de verde césped, bordeado por la familiar exuberancia de un jardín campesino inglés: altas plantas de malva loca, grandes flores de girasol cabeceantes, arbustos de fucsia y fragantes matas de minutisa. A través de la abierta celosía llegaba el leve, delicado perfume de las lilas y el prolongado, grave zumbido de las abejas. El granjero había sucumbido a la pletórica somnolencia de la tarde de domingo, y Mary tenía la sala para ella sola.

Había en total quince cartas de amor: algunas más cortas, otras más largas, algunas totalmente deliciosas, otras con dispersas alusiones a temas de negocios, que le hacían fruncir sus bonitas cejas. Estaba el asunto del seguro, por ejemplo, que tantos quebraderos de cabeza le había dado a su novio, hasta que ella lo solucionó. No cabía duda de que él entendía más que ella de cuestiones prácticas, pero aun así, parecía raro que le pidieran con insistencia, a alguien tan joven como ella y con tan buena salud, que tomara disposiciones de cara a la muerte. Hasta cuando más enamorada se sentía, esas frases que le saltaban a la vista aquí y allá la perturbaban, llegando a provocarle escalofríos.

«Queridísima —había escrito él—, he rellenado ya el impreso y lo he llevado a las oficinas del seguro de vida, y ellos escribirán hoy mismo a la señora de James Bone para tener la respuesta el sábado. De modo que puedes ir conmigo a la oficina el lunes, antes de las dos.» Y luego otra vez, sólo dos días más tarde, empezaba así su carta: «Me prometiste repetidamente, y espero que lo cumplas, que serías mía, y que tus amigos no sabrían nada hasta que estuviéramos casados; pero lo que ahora te pido, querida Mary, es que hagas que la señora de James Bone escriba a la compañía de seguros sin más tardar, y que vengas conmigo el próximo lunes por la mañana para hacerte un seguro de vida».

Eso decían algunos pasajes de las cartas, y Mary se sentía perpleja al leerlos. Pero ahora por fin todo estaba resuelto, y él ya no mezclaría más los negocios con el amor, puesto que ella había accedido a su capricho, y había firmado el contrato de seguro, por un valor de cien libras esterlinas. Eso significaba que ella tenía que pagar cada trimestre diez chelines y cuatro peniques, pero eso había parecido complacerle, de modo que no había por qué pensar más en ello.

Se oyó el chirrido de la verja del jardín, y al levantar la vista, Mary vio al mozo de estación acercándose con una hoja en la mano. Al verla asomada a la ventana, el mozo le tendió el papel y dio media vuelta, sonriendo furtivamente. ¡Curioso mensajero de Cupido, con sus pantalones de pana y sus ruidosas botas! Era en realidad, aunque él no lo sabía, mensajero de otro dios, mucho más macabro... Ella rompió el sobre ávidamente, y éste fue el mensaje que leyó:

Manor Place 16, Newington, Londres

Sábado 28 de julio, por la noche

Mi amada Mary:

Te he enviado una carta esta tarde, pero veo que no tendré que ir mañana a Brighton, pues he recibido una carta procedente de esa ciudad que contenía lo que estaba esperando, de modo, querida niña, que he resuelto ya del todo mis asuntos y estoy libre para verte, de modo que te envío esta carta. Voy a enviarla a la estación Puente de Londres mañana a las seis y media de la mañana y haré que el jefe de tren la lleve a la estación de Wadhurst, donde el mozo la recogerá y la llevará a tu casa. Yo sólo puedo darle una propina al jefe de tren, de modo que convendría que tú le dieras algo al hombre que te la entregue. Espero verte, querida niña, el lunes por la mañana, si puedes coger el primer tren. Te estaré esperando en la estación Puente de Londres. Sé a qué hora llega el tren: a las diez menos cuarto. Mañana he prometido ir a casa de mi tío, de modo que no puedo ir a verte; pero te acompañaré a tu casa el lunes por la noche o el martes a primera hora, y volveré aquí el martes por la noche, para poder ir adonde haga falta el miércoles; pero ya sabes todo lo que te dije, de modo que espero que vengas el lunes por la mañana, para que mis planes se desarrollen como espero. Y ahora discúlpame, queridísima Mary. Voy a acostarme para poder madrugar mañana a fin de llevar esta carta. Trae todas mis cartas o quémalas, querida niña. No te olvides de hacerlo; y con todo mi afecto y presentando mis respetos a todos vosotros, te espero, pues, el lunes a las diez menos cuarto de la mañana.

Siempre tuyo,

William Godfrey YOUNGMAN

Se trataba, pues, de una apremiante invitación a pasar un alegre día en la ciudad; pero contenía ciertamente algunas frases curiosas. ¿Qué quería decir con eso de que «mis planes se desarrollen como espero»? ¿Y por qué le pedía que quemara o le devolviera sus cartas? En ese punto, por lo menos, estaba decidida a desobedecer a su autoritario pretendiente, que siempre «esperaba» de una manera tan tajante que ella hiciera esto o aquello. Las cartas eran demasiado valiosas para desembarazarse de ellas con tan pocos miramientos. Mary volvió a meterlas —eran dieciséis ahora— en la cajita de hojalata donde guardaba sus escasos tesoros, y después salió al encuentro de su padre, cuyos pasos acababa de oír bajando la escalera, para contarle, muy ilusionada, que su novio la invitaba a la ciudad.

A las diez menos cuarto de la mañana siguiente, William Godfrey Youngman esperaba en el andén de la estación Puente de Londres la llegada del tren procedente de Wadhurst, en el que viajaba su novia. Ningún observador que echara un vistazo a las personas que paseaban de un lado a otro del andén le habría identificado como el hombre cuyo nombre y odiosa fama serían, antes de veinticuatro horas, conocidos por tres millones de londinenses. Era un hombre alto y corpulento, pero de una apariencia nada llamativa, y en cuanto a su carácter, habría sido insignificante si no fuera por su colosal egoísmo, lindante con la locura, que le hacía pensar que todas las cosas debían doblegarse ante sus necesidades y su voluntad, Tan aberrante era su visión del mundo, que incluso creía que sólo con que él quisiera engañar a la gente, la gente se dejaría engañar, y que el truco o la excusa más burdos, si procedían de él, no suscitarían la menor sospecha.

Había sido oficial de sastrería, igual que su padre, pero como sus aspiraciones eran más altas, había solicitado y obtenido un empleo como lacayo del doctor Duncan, de Covent Garden. Había desempeñado honorablemente su puesto durante algún tiempo, pero finalmente había dimitido y regresado al hogar familiar, donde llevaba cierto tiempo viviendo de la hospitalidad de sus abnegados padres. Empezó a hablar vagamente de dedicarse a granjero, y sin duda fue su breve experiencia de Wadhurst, con su agradable olor a ganado y las brisas típicas de Sussex, lo que había metido esa idea en su barriobajera cabeza.

Pero ya llega el tren, y asomada a una ventana de tercera clase está Mary Streeter, con sus rosados mofletes campesinos, más rosados aún al divisar a su novio esperándola. Él toma su bolsa de viaje, y recorren juntos el andén entre las mujeres con crinolina y los hombres con pantalones muy holgados, cuya imagen hace que el Londres de esa época nos resulte aún más extraño que el del siglo pasado. Él vive en Walworth, al sur de la ciudad, y un ómnibus con el suelo sembrado de paja, que tiene la parada frente a la estación, les lleva casi hasta la puerta de su casa. Eran las once cuando llegaron a Manor Place, donde residía la familia de Youngman.

La organización doméstica en Manor Place era curiosa. Como los arquitectos no habían desarrollado aún en Inglaterra el concepto de piso, la gente había alcanzado el mismo resultado por otros medios. El inquilino de una casa de tres pisos residía en la planta baja, y subalquilaba el primero y el segundo a otras familias. Así pues, en el caso que nos ocupa, el señor James

Bevan ocupaba la planta baja, los señores Beard el primer piso, y la familia Youngman el segundo, del número 16 de Manor Place. Los techos eran finos, y las escaleras comunes, y como puede imaginarse, cada familia se interesaba vivamente por las idas y venidas de sus vecinos. De modo que el señor y la señora Beard estaban al corriente de que el joven Youngman había llevado a casa a su novia, e incluso consiguieron, a través de puertas no del todo cerradas, entrever a la joven, y ser testigos de que su comportamiento con ella era afectuoso.

La familia que él le presentó no era muy extensa. El padre se marchaba a su sastrería cada mañana a las cinco y regresaba a las diez de la noche. Quedaban sólo la madre, una mujer bondadosa, ansiosa, muy trabajadora, y dos hijos más jóvenes, de siete y once años. A las once de la mañana, los chicos estaban en la escuela y la madre se encontraba sola. Dio la bienvenida a la chica recién llegada del campo, mientras la miraba de arriba abajo y sacaba sus conclusiones, como haría cualquier madre al conocer a la mujer destinada con toda probabilidad a convertirse en la esposa de su hijo. Almorzaron juntos, y después los dos jóvenes salieron de paseo por Londres.

No ha quedado constancia de las distracciones a las que se entregó la singular pareja: él con un propósito salvaje, implacable, en su corazón; ella desconcertada al notarle tan distraído, contándole los últimos chismorreos del pueblo, mientras la sombra de la muerte la cercaba por todos lados. Sólo ha llegado hasta nosotros un pequeño incidente. Un tal Edward Spicer, tabernero fanfarrón y sin pelos en la lengua, dueño de un establecimiento llamado El Dragón Verde, en la calle Bermondsey, conocía a Mary Streeter y a su padre. Los novios llegaron juntos a la taberna, y Mary presentó a su acompañante. No podemos saber qué brillo repugnante descubrió el tabernero en la mirada del joven, o cuál fue el rasgo maligno que adivinó en su carácter, pero lo cierto es que llevó aparte a la chica y le murmuró al oído que más le valía procurarse una cuerda y ahorcarse ahí mismo en el callejón, que casarse con ese hombre, advertencia que parece haber sufrido el mismo destino que todas las advertencias que se hacen a las jovencitas a propósito de sus pretendientes.

Por la noche fueron juntos al teatro a ver una de las tragedias de Macready. ¿Cómo podía ella saber entonces, sentada en la atestada platea, con su novio, callado, a su lado, que su propia tragedia iba a ser mucho más horrenda que la que se representaba sobre el escenario? Eran las once cuando volvieron a Manor Place.

El abnegado sastre había vuelto ya a casa, y toda la familia cenó junta. Luego tuvieron que dividirse, para pasar la noche, entre dos dormitorios, que era todo lo que tenían. La madre, Mary, y el chico de siete años ocuparon el de la parte delantera. El padre durmió en un catre en la habitación de atrás, y en una cama a su lado se acostaron el joven y el chico de once años. Así es como se prepararon a dormir, como cualquier otra familia de Londres. Poco podían prever que en menos de un día, la atención de toda la gran ciudad iba a centrarse en esos dos oscuros cuartuchos y en los destinos de sus ocupantes.

El padre se despertó muy temprano, y vio, en la vaga luz del amanecer, la alta silueta de su hijo, vestido de blanco, de pie junto a su cama. Medio dormido aún, le hizo notar que era muy pronto para estar levantado, a lo que el joven murmuró alguna excusa, y volvió a la cama. A las cinco, el sastre se levantó para afrontar su cotidiana e interminable tarea, y veinte minutos después bajaba las escaleras y cerraba la puerta a sus espaldas. Desaparecía así el único testigo, y todo lo que queda son indicios y conjeturas. Nadie conocerá nunca los detalles exactos de lo sucedido, lo cual, para el cronista, casi es mejor, pues examinar demasiado de cerca tales pormenores resultaría casi insoportable. Los móviles y la mentalidad del asesino presentan un interés perenne para cualquier estudioso de la naturaleza humana, pero el vil relato de su brutalidad puede borrarse una vez que ha servido los fines de la justicia.

Ya he dicho que en el piso inferior al que ocupaban los Yougman vivía una pareja llamada Beard. A las cinco y media, poco después de que el sastre se hubiera marchado, dejando cerrada la puerta principal, el sueño de la señora Beard fue perturbado por un ruido que le pareció corresponder a niños retozando y jugando. Se oían leves pisadas en el piso de arriba. Al prestar atención, sin embargo, le pareció que esas correrías no eran normales a tales horas, de modo que dio un codazo a su marido y le pidió su opinión. Poco después, estando ambos incorporados en la cama, aguzando el oído, oyeron un grito sofocado y el golpe seco de un cuerpo cayendo al suelo.

Beard saltó de la cama y subió las escaleras corriendo, deteniéndose cuando tuvo la cabeza a la altura del rellano de los Youngman. Vio lo suficiente como para bajar chillando a casa del señor Bevan, en la planta baja.

—¡Por Dios santísimo, venga usted! ¡Hay un asesinato! —rugió, mientras con mano temblorosa sacudía la manija del dormitorio del dueño.

Sus requerimientos no cogieron al dueño totalmente desprevenido. El ominoso golpe había sido lo bastante fuerte como para alcanzar también sus oídos. Palpitante, se levantó de la cama de un salto, y ambos hombres, en camisón, ascendieron la crujiente escalera. La radiante luz de una mañana de julio iluminaba sus asustados rostros.

Tampoco esta vez fueron más allá del punto desde el cual se vislumbraba el rellano. El bulto confuso de figuras vestidas de blanco desplomadas sobre el suelo, con manchas y churretes de un color brillante, era más de lo que sus nervios podían soportar. Podían contar tres cadáveres, amontonados en el rellano. Y había alguien que se movía dentro del dormitorio. Alguien que se les acercaba. Con los ojos dilatados por el horror vieron a William Godfrey

Youngman encuadrado en el umbral, con el blanco camisón chorreando y una manga desgarrada colgando del hombro.

—¡Señor Beard! —vociferó al ver las dos caras exangües en la escalera—. ¡Por Dios, llame a un médico! ¡Creo que todavía queda alguien vivo!

Y mientras ellos, dando media vuelta, se precipitaban escaleras abajo, proclamó la que luego sería su inalterable versión de lo sucedido:

—Mi madre ha hecho todo esto —gritó—. Ha asesinado a mis dos hermanos y a mi novia, y yo, en legítima defensa, he tenido que matarla.

Los dos hombres no se pararon a discutir el asunto con él. Ambos se habían abalanzado a sus respectivas habitaciones para ponerse encima algo de ropa, hecho lo cual salieron corriendo de la casa, en busca de un médico y de un policía, dejando en el rellano a Youngman, que repetía su extraña explicación. Qué suave debió de parecerles el aire de la mañana en cuanto se alejaron de la casa maldita, y cómo debieron de mirarles los honestos lecheros, que balanceando sus potes de hojalata, se encontraron frente a frente con las dos siluetas sudorosas y desmelenadas. Pero no tuvieron que ir muy lejos. John Varney, de la División P, tan sólido y desprovisto de fantasía como la ley de la que es representante, estaba de pie en la esquina de la calle, y se dirigió a ellos, pisando fuerte, con lentitud y dignidad capaces de tranquilizar a cualquiera.

—¡Señor policía, ya ve usted qué espectáculo! ¿Qué puedo hacer? —exclamó Youngman al vislumbrar el brillante casco que ascendía por la escalera.

El policía Varney no se inmuta ante el horrendo racimo de cadáveres. Su consejo es práctico y apropiado al caso.

—¡Vaya a vestirse! —ordena.

—Golpeé a mi madre, pero fue en legítima defensa —grita el otro—. ¿Usted no habría hecho lo mismo? ¡Es la ley!

El policía Varney no está dispuesto a arriesgar una opinión jurídica, pero está convencido, en cambio, de que lo mejor que Youngman puede hacer es ponerse algo de ropa.

Para entonces, una muchedumbre se apiñaba ya en la calle, y otro policía y un inspector habían hecho su aparición. Estaba claro que, fuese o no correcta la justificación de Youngman, éste era un homicida confeso, y que la ley no debía dejarlo escapar. Pero cuando un cuchillo en forma de daga, astillado por la fuerza de los repetidos golpes, fue hallado en el suelo, y Youngman tuvo que confesar que le pertenecía; cuando se observó asimismo que para infligir las heridas que mostraban los cadáveres, se necesitaban una fuerza y una energía feroces, pareció cada vez más evidente que ese hombre era, no una simple víctima de las circunstancias, sino uno de los mayores criminales del siglo. Pero eso eran sólo indicios: pruebas no las había, puesto que las bocas de todos —madre, novia, hermanos— habían sido selladas en la indiscriminada matanza.

El horror y la aparente absurdidad del hecho llevaron hasta el paroxismo la emoción e indignación del público. La miserable suma por la que la pobre Mary había asegurado su vida parecía ser el único móvil del crimen; las prisas del acusado porque se firmara dicho seguro, y su insistencia en pedirle a su novia que destruyera las cartas en las que manifestaba su interés por ese asunto, resultaron las principales pruebas contra él. Al mismo tiempo, su tranquila certeza de que las cosas iban a resolverse según sus deseos, y de que la Compañía de Seguros Argus pagaría la suma correspondiente a alguien que no era ni marido ni pariente de la difunta, sugerían una ignorancia del mundo de los negocios, o bien una confianza en sí mismo que rozaba, en ambos casos, la locura. Cuando, además, se reveló durante el proceso que ambas ramas de la familia presentaban casos de locura —tanto la madre de la esposa como el hermano del marido estaban en manicomios, y el padre de éste había estado también en uno, aunque había recobrado una «relativa cordura» antes de su muerte—, podemos preguntarnos si no habría sido mejor juzgar el caso en términos médicos, y no criminales. En nuestra época, más científica y más humanitaria, resulta quizá dudoso si Youngman habría sido ahorcado, pero no había ninguna duda en cuanto al destino que le esperaba en 1860.

El proceso se abrió en el Tribunal Central de lo Penal el día 16 de agosto, bajo la presidencia del magistrado señor Williams. Pocos detalles nuevos salieron a la luz, excepto que el cuchillo llevaba ya algún tiempo en posesión del acusado. Lo había exhibido una vez en un bar, a raíz de lo cual uno de los presentes, dando muestras del amor que todo buen británico siente por la ley y el orden, había comentado que no estaba bien que un hombre se paseara con semejante arma.

—Todo el mundo —replicó Youngman— tiene derecho a llevar un cuchillo como éste para poder defenderse llegado el caso.

Quizás el ciudadano que hizo el comentario no se dio cuenta de lo cerca que había estado de probar en su propia carne lo afilada que estaba la hoja.

Ninguna alegación seria contra el pasado del acusado apareció en el juicio, y él, sin vacilar, dio siempre su propia versión de la tragedia. En sus conclusiones, sin embargo, el juez Williams señaló que, si esa historia era cierta, quería decir que el acusado había desarmado a su madre, apropiándose del cuchillo. ¿Qué necesidad había entonces, pues, de matarla? ¿Por qué le había clavado el cuchillo varias veces? Este argumento, y el hecho de que no se hubieran encontrado manchas de sangre en las manos de la madre, convencieron al jurado, y se dictó la consiguiente sentencia.

Youngman se había mostrado impertérrito en el banquillo, pero en la cárcel dio señales de tener un carácter irritable, y ocasionalmente violento. Al visitarle su padre, el joven le abrumó con fieros reproches sobre el trato que había dado a su familia, reproches que parecían del todo injustificados. Otra cosa que por lo visto provocó sus iras fue el comentario del tabernero, del que tuvo conocimiento por primera vez durante el juicio, en el sentido de que hubiera sido mejor que Mary se ahorcase en el callejón antes que casarse con semejante hombre. Esas palabras hirieron su autoestima, que era el rasgo más marcado de su carácter.

—Sólo quiero una cosa —exclamó con furia—, y es echarle el guante a ese tal Spicer y cortarle la cabeza. —El carácter antinatural y sangriento de esa amenaza es característico del loco homicida—. ¿Acaso creéis —añadió, con un toque de vanidad— que un hombre de mi audacia y valentía podría haber escuchado esas palabras sin derribar al hombre que las hubiera pronunciado?

En vano fue exhortado y aconsejado: se llevó su secreto a la tumba. Nunca se apartó de la versión que probablemente había preparado antes de los hechos.

—No abandone usted el mundo con una mentira en los labios —le rogó el capellán, mientras le acompañaba al patíbulo.

—Pues si quisiera decir una mentira diría que fui yo —fue su réplica.

Hasta el final tuvo la esperanza, con esa confianza en sí mismo tan típica de su carácter, de que la historia que había contado siempre no podía no ser finalmente creída. Estando ya en el patíbulo, todavía esperaba ser indultado de un momento a otro.

Fue el 4 de septiembre, algo más de un mes después de haber cometido el crimen, cuando le sacaron de la cárcel de Horsemonger para sufrir su pena. Una muchedumbre de 30.000 personas, muchas de las cuales habían esperado durante toda la noche, estalló en una brutal algarabía cuando él hizo su aparición. Se comentó por entonces que era uno de los escasísimos casos de ejecución en que no había aparecido ningún simpatizante o filántropo de ninguna clase para elevar una sola voz en contra de la pena capital.

El hombre murió tranquila y fríamente.

—Gracias, reverendo Jessopp —le dijo al capellán— por su bondad. Visite a mi hermano y salúdele afectuosamente de mi parte, así como a todos los de mi casa.

Así, con el chasquido de un pestillo y la sacudida de una cuerda, terminó uno de los más sanguinarios, y también uno de los más incomprensibles, incidentes que figuran en los anales de la criminalidad inglesa. Que el hombre era culpable es algo que no parece admitir dudas; sin embargo debemos confesar que no había pruebas concluyentes. Y sólo quien estudia a fondo casos semejantes se da cuenta de con cuánta frecuencia una cadena de indicios que apuntan en determinada dirección puede, sólo con algún ligero cambio, ofrecer una interpretación completamente distinta.

El Noviazgo de George Vincent Parker

El estudioso de los anales del crimen encontrará, a la hora de clasificar sus casos, que las dos causas más susceptibles de incitar a un ser humano al asesinato son la avidez de dinero y el negro rencor provocado por el desengaño amoroso. De esos dos móviles, el segundo es menos frecuente pero también más interesante, pues los crímenes por él provocados son más sutiles en su concepción y revelan una psicología más profunda. Nuestra mente no puede sentir la menor simpatía hacia la codicia y el brutal egoísmo que ponen en la misma balanza un monedero y una vida; pero hay algo más espiritual en el caso del hombre al que los celos y la infelicidad conducen a un estado de pasajera y violenta locura. Para decirlo en términos científicos, es el tipo de criminal apasionado, por oposición al instintivo. Ambas clases de crímenes deben castigarse con idéntica severidad, pero sentimos que no son igualmente sórdidos, y que ninguno de nosotros puede asegurar cómo actuaría si sus sentimientos y su autoestima fueran súbita y cruelmente ultrajados. Incluso cuando estamos de acuerdo con el veredicto, es posible que sintamos un resto de piedad hacia el criminal. Su delito no ha sido el resultado de una maquinación a sangre fría y en su propio interés, sino la consecuencia —por más monstruosa y desproporcionada que resulte— de una causa de la que otros fueron responsables. Como ejemplo de un crimen de esa clase, voy a narrar las circunstancias del caso de George Vincent Parker, alterando nombres de personas y lugares allí donde su revelación pudiera resultar dolorosa para personas aún vivas.

Hace casi cuarenta años, vivía en una de nuestras ciudades del interior un tal señor Parker, que se ganaba espléndidamente la vida como agente a comisión. Era un excelente hombre de negocios, y durante los años posteriores a la guerra de Crimea y anteriores a las guerras americanas, su fortuna creció rápidamente. Se construyó un chalé en una agradable zona residencial fuera de la ciudad, y como tenía además la buena fortuna de estar casado con una mujer encantadora y comprensiva, todo parecía presagiar que le esperaba una vejez pacífica y feliz. La única dificultad a la que se enfrentaba era su incapacidad de comprender el carácter de su único hijo, y en consecuencia, de saber qué planes debía hacer para el futuro de éste.

George Vincent Parker, el joven en cuestión, pertenecía a un tipo que aparece constantemente y que siempre roza lo trágico. Por algún atávico motivo, no sentía amor alguno por la gran ciudad y su vida bulliciosa, y ninguno tampoco por la noria de los negocios, ni las recompensas que dan los negocios cuando están bien hechos suscitaban en él la más mínima ambición. No le interesaba el trabajo de su padre ni su estilo de vida, y la oficina le resultaba odiosa.

Esta aversión hacia el trabajo no podía atribuirse, sin embargo, a indolencia o vicio. Era algo innato y consustancial con su carácter. Para otras cosas, tenía una mente despierta y receptiva. Amaba la música y mostraba notables aptitudes en ese terreno. Era un excelente lingüista y tenía también buen gusto en lo tocante a la pintura. En una palabra, era un hombre de temperamento artístico, con todas las debilidades de los nervios y del carácter que ese temperamento implica. En Londres habría conocido a centenares de otras personas del mismo estilo, y habría encontrado una ocupación apropiada a su temperamento: habría hecho pequeñas incursiones en la literatura, o en la crítica literaria. Entre los comerciantes en algodón del interior del país, su posición en esa época era de lo más aislado, y su padre no podía hacer otra cosa que menear la cabeza, dictaminando que su hijo era del todo inadecuado para continuar el negocio familiar. Era un chico de buen carácter, reservado con las personas a las que no conocía, pero muy popular entre sus escasos amigos. Una o dos veces se había comentado que era capaz de grandes estallidos pasionales cuando consideraba que había sido tratado injustamente.

Es este un tipo de hombre que no será apreciado por quienes trabajan y viven en el mundo de las cosas prácticas; en cambio, resulta invariablemente atractivo para las mujeres. Pues tiene un aura de desamparo, una ingenua necesidad de ser comprendido, ante las cuales el corazón femenino reacciona de forma instintiva; y es la mujer más fuerte, más vigorosa, la primera en responder a esa llamada. No sabemos qué otros femeninos consuelos pudo haber encontrado anteriormente nuestro tranquilo diletante; pero han llegado hasta nosotros los detalles de uno de sus amoríos.

Fue en una velada musical en casa de un médico del lugar donde Parker vio por primera vez a la señorita Mary Groves. El médico era tío de la joven, la cual había viajado a la ciudad para visitarle; pero su vida transcurría normalmente junto a su abuelo, de quien cuidaba. Era éste un caballero anciano, pero muy viril, cuyos ochenta años no le impedían cumplir todos los deberes propios de un hidalgo rural, incluido el cargo de juez de paz. Tras la calma de una mansión aislada en pleno campo, la chica, en plena floración de su juventud y su belleza, disfrutaba la vida de la ciudad, y por lo visto se sintió particularmente atraída por el refinado y joven músico, cuyo aspecto y modales le conferían esa aura romántica que toda jovencita anhela. Él, por su parte, se sintió atraído hacia ella por una peculiar espontaneidad, propia de quienes viven en el campo, y por la simpatía que mostraba hacia él. Antes de que la muchacha regresara a su mansión, Manor House, la amistad había fructificado en amor, sellándose entre ambos un noviazgo formal.

Ese noviazgo, sin embargo, no era visto con buenos ojos por ninguna de las familias. El viejo Parker había muerto, y su viuda había heredado lo suficiente para vivir sin estrecheces, pero resultaba cada vez más urgente que el hijo encontrase alguna profesión. Pero esa necesidad tropezaba con la invencible repugnancia que hacia los negocios mostraba el muchacho. Por su parte, la chica procedía de una buena familia, y sus parientes, encabezados por el viejo hidalgo, no aprobaban su proyecto de boda con un joven sin blanca, cuyos gustos y carácter eran más bien extraños. Así pues, el noviazgo se arrastró durante cuatro años, durante los cuales los novios se escribieron continuamente, pero rara vez se vieron. Al final de ese período, él tenía veinticinco años y ella veintitrés, pero sus expectativas de boda parecían cada vez más remotas.

Por último, la insistencia de los parientes de la muchacha pudo más que su constancia, y Mary aceptó romper el compromiso. Con tal fin, empezó a cambiar el tono de sus cartas, y a incluir en ellas frases llenas de intención, que debían ir preparando a su novio para el golpe final.

El 12 de agosto de 18…, le escribió que le habían presentado a un clérigo que era el hombre más encantador que había conocido en su vida. «Ha pasado unos días con nosotros —decía— y el abuelo pensó que era el hombre que me convenía, pero yo no estoy de acuerdo.» Esta frase, a pesar de la coletilla vagamente tranquilizadora que la remataba, agitó sobremanera al joven Vincent Parker. Su madre declaró más tarde haber presenciado la profunda depresión en la que cayó, aunque eso no tenía nada de extraordinario en alguien que, como él, sufría, por naturaleza, de una tendencia a la melancolía, y que siempre adoptaba la visión más pesimista de cualquier asunto.

Al día siguiente recibió otra carta cuyo tono era más decidido.

Tengo muchas cosas que decirte y más vale que te las diga sin rodeos —empezaba la joven—. Mi abuelo ha descubierto que nos escribimos, y está furioso de pensar que puede haber algún obstáculo a la boda entre el clérigo y yo. Lo que te pido es que me devuelvas la libertad, sólo para que pueda decir que no tengo compromiso alguno. No te tomes todo esto a la tremenda, por favor: compréndeme. No me casaré, si puedo evitarlo.

Esta segunda carta produjo un efecto fulminante. Vincent cayó en un estado de postración tal, que su madre tuvo que pedir a un amigo de la familia que le hiciera compañía durante toda la noche. El chico no hacía más que caminar de un lado a otro en un estado de extrema excitación nerviosa, estallando en sollozos constantemente. Cuando se acostó, sus manos y pies temblaban de forma convulsiva. Se le administró morfina, pero fue en vano. Rehusaba cualquier alimento. Sólo al precio de grandes esfuerzos consiguió contestar la carta; cuando lo hizo, al día siguiente, fue con ayuda del amigo que había estado toda la noche con él. Su respuesta fue razonable y también afectuosa.

Queridísima Mary. Siempre serás queridísima para mí. Decir que no estoy terriblemente afectado sería mentir, pero en cualquier caso, bien sabes que no seré yo el hombre que se interponga en tu camino. No voy a contestar una sola palabra a tu última carta, excepto para decir que quiero oír de tus propios labios cuáles son tus deseos, y que accederé a ellos. Me conoces demasiado bien para pensar que después de eso, haría cualquier disparate o daría rienda suelta a un sentimentalismo fuera de lugar. Antes de abandonar Inglaterra quisiera verte una vez más, por última vez, aunque Dios sabe lo desgraciado que me siento al pensarlo. Estarás de acuerdo conmigo en que mi deseo de verte es perfectamente natural. Di en tu próxima carta dónde podríamos encontrarnos.

Siempre, queridísima Mary, afectuosamente tuyo,

GEORGE

Al día siguiente, escribió otra carta en la que nuevamente le suplicaba que le diera una cita, asegurando que acudiría a cualquier lugar que ella le indicase entre su casa y Standwell, el pueblo más próximo.

Estoy enfermo y completamente perturbado, y no dudo que tú estarás igual. Ambos nos sentiremos mejor, tanto mental como físicamente, y más felices, después de esta última entrevista. Estaré donde tú digas, coûte qu'il coûte.

Siempre afectuosamente tuyo,

GEORGE

Parece que hubo una respuesta a esta carta, fijando una cita, pues él escribió de nuevo el miércoles, día 19.

Querida Mary. Sólo diré que voy a llegar allí en el tren que tú mencionas y te ruego, querida Mary, que no te preocupes demasiado por todo esto, en lo que a mí respecta. Sólo quiero verte para mi propia paz de espíritu, lo cual espero que no te parezca egoísta. Du reste, no hago aquí sino repetir lo que ya he dicho. Me basta con que tú misma me digas cuáles son tus deseos, y serán cumplidos. Tengo suficiente savoir faire para no hacer aspavientos a propósito de algo que no puede evitarse. No seré yo quien constituya un motivo de disputa entre tu abuelito y tú. Si quieres venir a verme a la posada, estoy dispuesto a esperarte en ella hasta que llegues; pero esto lo dejo a tu juicio.

Del mismo modo que al profesor Owen le basta un solo hueso para reconstruir un animal entero, basta esta carta para revelar de forma flagrante el carácter de nuestro hombre. Las palabras en francés, la vanidosa alusión a su propio savoir faire, las pomposas promesas que no significan nada, son otras tantas pinceladas de un sutil autorretrato.

La señorita Groves ya se había arrepentido de la cita que le había dado. Quizás había olvidado ciertos rasgos del carácter de su excéntrico pretendiente, que ahora volvían a su memoria y la advertían de la imprudencia de ponerse en sus manos.

Mi querido George —escribió y sin duda esta carta se cruzó con la última de él— te escribo estas líneas a toda prisa para decirte que pase lo que pase no vengas. Tengo que marcharme de aquí, y me es imposible predecir cuándo volveré. Prefiero que no nos veamos, si podemos evitarlo, y como realmente esa cita no va a ser posible, creo que lo mejor es que pongamos fin a este estado de suspense de una vez y nos digamos adiós sin volvernos a ver. Yo siento que no podría soportar verte de nuevo. Si vuelves a escribirme antes de tres días me llegará tu carta, pero si me escribes más tarde será descubierta, pues mi correo es estrictamente vigilado e incluso abierto.

Sinceramente tuya,

MARY

Cualesquiera que fuesen los vagos proyectos que rondaban por la cabeza del joven, esta carta parece haber acelerado su puesta en práctica. Si sólo tenía tres días para verla, no podía perder más tiempo. El mismo día, fue a la ciudad, pero como era tarde, no prosiguió su viaje en dirección a Standwell, que era la estación más próxima a la mansión donde ella vivía. Los camareros del hotel Midland observaron su extraño comportamiento y su mirada perdida. Estuvo paseando arriba y abajo por la cafetería del hotel, murmurando frases incomprensibles, y aunque pidió unas chuletas y una taza de té, no comió nada, limitándose a beber brandy y soda.

A la mañana siguiente, la del día 21 de agosto, cogió el tren para Standwell, adonde llegó a las once y media. De la estación de Standwell hasta Manor House, donde residía la señorita Groves juntamente con el anciano terrateniente, hay tres kilómetros. Cerca de la estación, hay una posada llamada La Cabeza de Toro. Vincent Parker entró en ella, y pidió que le sirvieran brandy. Después preguntó si había algún mensaje para él, y cuando le dijeron que no, pareció muy afectado. Luego, a las doce y cuarto aproximadamente, salió en dirección a Manor House.

A unos tres kilómetros al otro lado de Manor House, y por lo tanto seis desde la posada La Cabeza de Toro, hay una próspera escuela secundaria, el director de la cual era un amigo de la familia Groves y conocía un poco a Vincent Parker. El joven pensó, en consecuencia, que ése sería el mejor lugar para obtener la información que necesitaba, y llegó a la escuela a la una y media aproximadamente. No hay duda de que el director se quedó perplejo al ver aparecer a ese visitante que olía a brandy y daba muestras inequívocas de agitación; pero respondió a sus preguntas con discreción y cortesía.

—Le he venido a ver —dijo Parker— por ser usted amigo de la señorita Groves. Supongo que sabe que estamos prometidos.

—Según mis noticias, ustedes estaban prometidos, pero ya no lo están —dijo el director.

—En efecto —contestó Parker—. Ella me ha escrito para romper el noviazgo, y se niega a verme. Quiero saber cómo están las cosas.

—Lo que yo pueda saber —replicó su interlocutor— es confidencial, de modo que no voy a decírselo.

—Tarde o temprano lo descubriré yo mismo —dijo Parker.

Acto seguido preguntó quién era el clérigo que había sido invitado a Manor House. El director reconoció que efectivamente, un clérigo se había alojado en la mansión, pero se negó a dar su nombre. Parker preguntó entonces si la señorita Groves se hallaba en Manor House, y si estaba siendo coaccionada de algún modo. El otro contestó que estaba en Manor House, y que no sufría coacción alguna.

—Tarde o temprano tengo que verla —repitió Parker—. Le he escrito para liberarla del compromiso que tenía conmigo, pero debo oír de sus propios labios que renuncia a mí. Es mayor de edad y debe hacer lo que le plazca. Sé que no soy un buen partido, y no deseo obstaculizar su camino.

El director observó que tenía que atender a sus obligaciones docentes, pero añadió que volvería a estar libre a las cuatro y media, por si Parker quería decirle algo más, y Parker se marchó, prometiendo volver. No se sabe cómo pasó las dos horas siguientes, pero es probable que almorzara en alguna venta próxima. A las cuatro y media, volvía a estar en la escuela, rogando al director que le aconsejara sobre lo que debía hacer. Éste le sugirió que le escribiera una nota a la señorita Groves pidiéndole una cita para el día siguiente por la mañana.

—Si se presentara usted en la casa, quizá la señorita Groves aceptaría verle —añadió este compasivo e imprudente director.

—Eso es lo que haré; así me sacaré todo esto de la cabeza —exclamó Vincent Parker.

Eran las cinco aproximadamente cuando abandonó la escuela, mostrando, en esos momentos, una actitud perfectamente digna y ecuánime.

Cuarenta minutos más tarde, el despechado amante llegó a casa de su amada. Llamó a la puerta y preguntó por la señorita Groves. Ella le había visto, probablemente, mientras él se encaminaba hacia la casa, pues salió a recibirle a la puerta del salón y le invitó a dar un paseo con ella por el jardín. No hay duda de que no las tenía todas consigo, pues si su abuelo les veía juntos, habría una desagradable escena. Era más prudente salir al jardín que permanecer en la casa. Así pues, salieron afuera, y media hora más tarde fueron vistos charlando tranquilamente, sentados en un banco. Un poco después, salió la doncella a anunciar a la señorita Groves que el té estaba servido. Ella entró en la casa sola: al parecer, ni siquiera consideró la posibilidad de invitar a Parker a tomar el té, lo que revela hasta qué punto estaba dominada por la influencia de su abuelo.

Después del té, ella salió otra vez al jardín y estuvo sentada un buen rato con el joven, tras lo cual ambos se levantaron para pasear juntos por el campo.

Qué ocurrió entre ellos durante ese paseo, qué recriminaciones le hizo él, qué le replicó ella, es algo que no sabremos nunca. Sólo fueron vistos una vez en el transcurso de su paseo. Hacia las ocho y media, un campesino, que transitaba por el largo sendero que unía la carretera con la mansión, vio a un hombre y una mujer que paseaban juntos. Al cruzarse con ellos, pudo distinguir, en la penumbra del crepúsculo, que la dama era la señorita Groves, la nieta del terrateniente. Cuando miró atrás, vio que ella y su acompañante se habían detenido y conversaban cara a cara.

Muy poco después de esto, Reuben Conway, un jornalero, estaba recorriendo el mismo sendero, cuando oyó un tenue lamento. Se paró a escuchar, y en ese peculiar silencio que al anochecer reina en el campo, notó que el ominoso sonido se le estaba acercando. Un muro flanqueaba el sendero por uno de los lados, y al mirar con atención a su alrededor, Conway percibió que algo se movía lentamente a lo largo de la negra sombra proyectada por el muro. Por un momento, debió de parecerle que se trataba de un animal herido; cuál no sería su sorpresa cuando, acercándose al bulto, descubrió que lo que se arrastraba era una mujer, que avanzaba sosteniéndose y guiándose con la mano que apoyaba en la pared. No pudo reprimir un grito de horror al contemplar el rostro, cuya extrema palidez relucía en la oscuridad: era el de la señorita Groves.

—Lléveme a casa —murmuró la joven—. ¡Lléveme a casa! Ese señor que está allí me ha asesinado.

El horrorizado jornalero la tomó entre sus brazos, la levantó, y llevándola en volandas recorrió unos veinte metros en dirección a la casa.

—¿Ve usted a alguien en el camino? —preguntó ella, cuando él se detuvo a tomar aliento.

Él miró en torno, y en el oscuro túnel de árboles vislumbró una silueta negra que se movía lentamente detrás de ellos. El jornalero esperó, sin dejar de sostener la cabeza de la joven, hasta que Parker llegó junto a ellos.

—¿Quién ha querido asesinar a la señorita Groves? —preguntó Reuben Conway.

—Yo la he apuñalado —dijo Parker, con la mayor frialdad.

—En tal caso, lo mejor que puede hacer es ayudarme a transportarla hasta su casa —dijo el jornalero.

Así fue como avanzó, por el oscuro camino, una singular procesión, formada por el jornalero y el amante, con el cuerpo de la muchacha agonizante entre ellos.

—¡Pobre Mary! —murmuró Parker—. ¡Pobrecita! No tendrías que haberme mentido.

Cuando llegaron a la verja, Parker sugirió que Reuben Conway fuera corriendo a la casa a por algo que pudiera detener la hemorragia. Así lo hizo Conway, dejando a los trágicos amantes a solas por última vez. Cuando volvió, encontró a Parker sosteniendo algo junto a la garganta de la joven.

—¿Está viva? —preguntó.

—Sí —contestó Parker.

—¡Llevadme a casa! —gemía la pobre muchacha.

Un poco más adelante en su penoso trayecto, se encontraron con dos granjeros, que les ayudaron.

—¿Quién ha hecho esto? —preguntó uno de ellos.

—Él lo sabe y yo lo sé —dijo Parker, sombrío—. Yo soy el hombre que ha hecho esto, y me ahorcarán por ello. Lo he hecho yo y no hay más que hablar.

Estas frases no parecen haber provocado insulto o invectiva alguna, pues al parecer, la abrumadora tragedia de la situación había dejado mudos a todos los acompañantes.

—¡Me estoy muriendo! —jadeó la pobre Mary, y ésas fueron las últimas palabras que pronunció.

A la puerta de la casa se encontraron con el pobre viejo hidalgo, frenético, pues había oído vagos rumores de que había sucedido algún desastre. Los hombres se detuvieron al ver la blanca cabellera reluciendo en la oscuridad.

—¿Qué ocurre? —gritó el anciano.

Parker dijo, sosegadamente:

—Su nieta Mary ha sido asesinada.

—¿Quién lo ha hecho? —chilló el otro.

—He sido yo.

—¿Y quién es usted?

—Mi nombre es Vincent Parker.

—¿Y por qué lo hizo?

—Me ha engañado, y la mujer que me engaña debe morir.

Por lo visto, la decisión y tranquilidad de su actitud desarmaron cualquier reproche.

—Le dije que la mataría —añadió, mientras todos juntos entraban en la casa—. Ella conocía mi carácter.

El cuerpo fue llevado a la cocina y colocado sobre la mesa. Entre tanto, Parker había seguido al aturdido y apesadumbrado viejo hasta el salón, y, tendiéndole un puñado de objetos, que incluía su reloj y algo de dinero, le preguntó si aceptaba hacerse cargo de ellos. El hidalgo rehusó furiosamente. Entonces Parker se sacó del bolsillo dos paquetes de cartas, que era todo lo que quedaba de su miserable noviazgo.

—¿Aceptará usted estas cartas? —preguntó—. Puede leerlas, quemarlas o hacer lo que quiera con ellas. No quiero que salgan a relucir en el juicio.

El abuelo las tomó, y fueron quemadas como es debido.

Mientras tanto el médico y el policía, esos mellizos que la violencia atrae, se apresuraban hacia la mansión. La pobre Mary yacía muerta sobre la mesa de la cocina, con tres grandes heridas en la garganta. El que hubiera llegado tan lejos y vivido tanto tiempo con la carótida seccionada es una de las más extrañas peculiaridades del caso que nos ocupa.

En cuanto al policía, no tuvo dificultad en encontrar a quién detener. Tan pronto como entró en el salón, Parker se dirigió hacia él diciendo que deseaba entregarse como culpable del asesinato de una joven. Al preguntársele si era consciente de lo que eso significaba, respondió:

—Totalmente consciente, y no pienso presentar resistencia alguna; déjeme sólo verla por última vez.

—¿Qué ha hecho usted del cuchillo? —preguntó el policía.

Parker se lo sacó del bolsillo; era una navaja corriente. Es digno de mención el hecho de que, al registrarle, se le encontraron otras dos navajas. Le llevaron a la cocina, donde pudo contemplar a su víctima.

—Soy mucho más feliz ahora que lo he hecho, que antes, y espero que ella también lo sea —musitó.

Éste es pues el relato del asesinato de Mary Groves por Vincent Parker, un crimen caracterizado por toda la inconsecuencia y la deplorable falta de sutileza que distinguen lo real de lo inventado. En las novelas hacemos que los personajes hagan y digan lo que nos parece verosímil que hicieran o dijeran, pero en la realidad hacen y dicen las cosas más improbables. Que esas cartas fueran el preludio de un asesinato, o que después de cometerlo el asesino intentara detener la hemorragia de su víctima, o que sostuviera una conversación como la que hemos transcrito con el viejo hidalgo, son cosas que ninguna imaginación humana concebiría.

A uno le resulta difícil, cuando lee las cartas y sopesa los hechos, creer que Vincent Parker salió ese día de su casa con la intención premeditada de matar a la que había sido su novia. Pero lo que no sabremos nunca es si desde el principio rondó por su cabeza esa idea horripilante, o si se le presentó en un loco arrebato de pasión provocado por el diálogo mantenido con su antigua prometida. Está claro que ella no vio nada peligroso en él hasta el momento mismo del crimen, pues de lo contrario habría pedido ayuda, ciertamente, al campesino con el que se cruzaron en el sendero.

El caso, que suscitó el más vivo interés a lo largo y ancho de Inglaterra, fue juzgado por el barón Martin en la siguiente sesión del tribunal presidido por éste. No había necesidad de probar que el acusado era culpable, ya que él mismo se vanagloriaba de serlo, pero se planteó la cuestión de su cordura, provocando algunas curiosas complicaciones que han producido una total reforma de la ley en lo tocante a este punto.

Se llamó a sus parientes, a fin de demostrar que existía un filón de locura en toda la familia, ya que de diez primos, cinco eran dementes. Su madre subió al estrado para declarar, con tremenda vehemencia, que su hijo estaba loco, y que incluso cuando ella iba a casarse, hubo quien se opuso a la boda alegando la locura latente de su familia. Todos los testigos estuvieron de acuerdo en afirmar que el acusado no era un hombre de mal carácter, sino sensible, suave y muy dotado, pero con tendencia a la melancolía. El capellán de la cárcel aseguró que había sostenido varias conversaciones con Parker, y le parecía que el sentido moral del joven era tan defectuoso que apenas si era capaz de distinguir el bien y el mal. Dos especialistas en demencia le examinaron, y opinaron que no era cuerdo. Dicha opinión se basaba en declaraciones del prisionero: según él, no había nada malo en lo que había hecho.

—La señorita Groves era mi prometida —argumentaba— y por lo tanto era mía. Podía hacer lo que quisiera con ella. Nada, como no sea un milagro, me hará cambiar de opinión.

El médico intentaba razonar con él:

—Imagínese que alguien se lleva un cuadro que es suyo. ¿Qué haría usted para recobrarlo?

—Exigiría su restitución —dijo él—; si no me lo devolviera, le quitaría la vida al ladrón sin remordimientos.

El médico le hizo notar que existían leyes, a las que se podía recurrir, pero Parker respondió que a él le habían hecho nacer sin consultarle, y por lo tanto no otorgaba a nadie el derecho a juzgarle. La conclusión del médico fue que su sentido moral estaba más viciado que el de cualquier otro caso que él conociera. Sin embargo, afirmar que esto equivale a la locura sería una doctrina de peligrosas consecuencias, pues significaría que basta con que un hombre sea lo bastante malvado para que no tenga que pagar por su maldad.

En sus conclusiones, el barón Martin hizo gala del mayor sentido común. Declaró que el mundo estaba lleno de personas excéntricas, y que conceder a todas ellas la inmunidad de la locura sería un peligro público. Para estar loco, en el sentido que la ley da a este término, un hombre debe hallarse en un estado tal de confusión que no sepa que ha cometido un delito, ni que se ha hecho merecedor de un castigo. En cambio, estaba claro que Parker lo sabía, pues había previsto que sería ahorcado. En consecuencia, el barón aceptó el veredicto del jurado, que declaraba culpable al acusado, y le condenó a muerte.

El asunto podía muy bien haber terminado ahí si no hubiera sido por la conciencia escrupulosa del barón Martin. Su propia conducta había sido intachable, pero las opiniones de los médicos le pesaban, y su conciencia estaba inquieta ante la mera posibilidad de que un hombre que no era, realmente, responsable de sus actos pudiera perder la vida por una decisión suya. Es probable que esta idea le impidiera dormir esa noche, pues a la mañana siguiente escribió al ministro de Justicia, para comunicarle que dadas las circunstancias, prefería no tener que tomar una decisión definitiva.

El ministro, tras leer cuidadosamente el sumario y la carta del juez, estaba a punto de confirmar la pena de muerte, cuando, la víspera misma de la ejecución, llegó un informe de los visitantes de la cárcel —observadores perfectamente imparciales— según el cual Parker mostraba signos indudables de locura. Ello obligó al ministro a suspender la ejecución, nombrando una comisión de cuatro eminentes alienistas para que hiciese un informe detallado sobre el estado mental del preso. Los cuatro llegaron a la unánime conclusión de que estaba perfectamente cuerdo. Sin embargo, existe una ley no escrita según la cual un preso que ha sido indultado una vez ya no es nunca ejecutado, de modo que la sentencia de Vincent Parker fue conmutada por cadena perpetua, decisión que satisfizo, en líneas generales, la conciencia del público.

El Discutible Caso de la Señora Emsley

En la fiera indignación popular que suscita siempre un crimen sanguinario, hay una tendencia, que comparten los jueces y los jurados, a descartar o a considerar irrelevantes esas dudas, cuyo beneficio se supone que es uno de los privilegios de todo acusado. Lord Tenterden ha rebajado considerablemente ese privilegio, al declarar que un jurado tiene razón cuando emite su veredicto basándose en las mismas pruebas que aceptaría como definitivas si se tratara de cualquier otra decisión importante de la vida. Pero cuando uno mira atrás y recuerda cuántas veces ha estado totalmente seguro y sin embargo, se ha equivocado en las decisiones que ha tomado en la vida, y con qué frecuencia lo que parecía fuera de toda duda ha resultado, a fin de cuentas, falso, mientras que aquello que parecía imposible ha ocurrido, entonces uno sospecha que, si la ley penal se basa en esos principios, probablemente es ella el mayor asesino de Inglaterra. Mucho más sensato sería aplicar el principio de que es mejor dejar impunes a noventa y nueve culpables, que castigar a un solo inocente, y que en consecuencia, basta que haya una probabilidad sobre cien en favor del acusado, para que éste tenga derecho a ser absuelto.

No hay duda de que si el veredicto escocés «No ha sido probado», veredicto que ni condena ni absuelve, hubiera sido posible en Inglaterra, ésa habría sido la conclusión de numerosos casos que, de acuerdo con nuestra ley, que es mucho más severa, han terminado en el patíbulo. Me imagino con qué alivio habrían acogido esa posibilidad, pronunciando un veredicto a la escocesa, tanto el juez como el jurado encargados de investigar las singulares circunstancias que rodearon el caso de la señora Mary Emsley.

Aquel que visitando la ciudad de Londres se aleja de los barrios más céntricos y se pasea por aquellos en los que viven los trabajadores, se habrá asombrado de comprobar su extensa monotonía, observando las interminables hileras de casas de ladrillos, interrumpidas sólo por los pubs que ocupan numerosas esquinas y, con menos frecuencia, por algunas capillas diseminadas entre las casas. La creciente extensión de la gran ciudad se debe en gran parte a la difusión de esas largas filas de viviendas humildes, que van formando distrito tras distrito, y los años que median entre el final de la guerra de Crimea y 1860 presenciaron una intensa actividad en este sentido. Muchos pequeños constructores, a base de hipotecar continuamente lo construido, usando el capital así adquirido para comenzar nuevas obras, que al ser finalizadas eran a su vez objeto de hipoteca, consiguieron erigir calle tras calle, y finalmente, siguiendo la tendencia generalizada a la adquisición de vivienda, llegaron a constituirse fortunas nada desdeñables. Entre esos astutos especuladores se hallaba un tal John Emsley, el cual, al morir, dejó sus numerosas casas y otras propiedades a su viuda Mary.

Mary Emsley, que ya era una mujer de edad, había vivido modestamente durante demasiado tiempo para cambiar sus hábitos a esas alturas de su vida. No tenía hijos, y consagraba todas sus facultades a la gestión de su patrimonio y al cobro de los alquileres semanales de los humildes inquilinos que ocupaban sus casas. Mujer sombría, severa, excéntrica, suscitaba una mezcla de antipatía y curiosidad entre los habitantes de la calle Grove, en el barrio de Stepney, donde estaba situada su casa. Sus propiedades se extendían por los barrios de Stratford, Bow y Bethnal Green, y a pesar de su avanzada edad hacía largos trayectos con el fin de cobrar alquileres, desahuciar y hacer todo tipo de tratos, mostrando siempre una gran capacidad para extraer hasta el último penique. Uno de sus pequeños ahorros consistía en que, cuando necesitaba ayuda para la gestión o el mantenimiento de sus numerosas propiedades, prefería pedírsela a algún conocido antes que contratar legalmente a un profesional. Eran muchas las personas que hacían trabajillos para la señora Emsley, y entre ellos figuraban dos hombres cuyos nombres estaban destinados a resultar familiares para el gran público. Uno era John Emms, zapatero; el otro George Mullins, yesero.

Mary Emsley, a pesar de su riqueza, vivía completamente sola. Únicamente los sábados, una asistenta iba a limpiarle la casa. Ella mostraba, por otra parte, esa extrema timidez y cautela que suelen ser típicas de quienes van a morir violentamente, como si en la naturaleza humana anidara algún vago, instintivo don de profecía. Sólo a regañadientes abría la puerta de su casa, y cada uno de los visitantes que se acercaban a ella era observado cuidadosamente desde la ventana. Su fortuna le habría permitido rodearse de lujos, pero en lugar de eso, ocupaba una humilde casita, consistente en dos pisos y un sótano, con un jardín trasero descuidado, y su estilo de vida era todavía más frugal que su vivienda. Era la suya una vejez extraña, verdaderamente antinatural.

La señora Emsley fue vista viva por última vez a última hora de la tarde del lunes 13 de agosto de 1860. En esa fecha, a las siete, dos vecinos la vieron sentada a la ventana de su dormitorio. A la mañana siguiente, poco después de las diez, una de las personas que ocasionalmente trabajaba para ella fue a visitarla con objeto de tratar cierto asunto relacionado con grifos de cobre; pero aunque llamó a la puerta repetidamente, no obtuvo respuesta alguna. Ese martes, otros muchos visitantes tuvieron la misma experiencia, y el miércoles y jueves transcurrieron sin que se observara ningún signo de vida en la casa.

Cualquiera hubiera creído que eso habría despertado inmediatas sospechas, pero los vecinos estaban tan acostumbrados a las excentricidades de la viuda, que tardaron bastante tiempo en alarmarse. Sólo el viernes, cuando John Emms, el zapatero, se encontró con que reinaba en la vivienda el mismo silencio siniestro que los días anteriores, el temor de que hubiera sucedido alguna desgracia le asaltó de súbito. Fue corriendo a ver al señor Rose, el abogado de la señora Emsley, y al señor Faith, pariente lejano de ésta, y los tres hombres se dirigieron a la casa. Por el camino, se encontraron con un policía, el señor Dillon, y le pidieron que les acompañara.

La puerta delantera estaba cerrada con cerrojo y también estaban cerradas las ventanas, de modo que los tres hombres, escalando el muro del jardín, se dirigieron a la puerta de atrás, que al parecer abrieron sin dificultad. John Emms caminaba el primero, pues conocía perfectamente la casa. En la planta baja no se veía por ninguna parte a la anciana. El crujido de sus botas y el respetuoso murmullo de sus voces eran los únicos ruidos que quebraban el silencio. Ascendieron las escaleras con un sentimiento de alivio. Quizás, a fin de cuentas, no había ocurrido nada. Era probable que la excéntrica viuda hubiera ido a hacer alguna visita fuera de la ciudad. Pero en ese momento, cuando llegaban al rellano, John Emms se quedó mirando algo fijamente, y los otros, espiando por encima de su hombro, vieron lo mismo que él, y perdieron toda esperanza.

Era la huella de un pie de hombre, vagamente dibujada en sangre sobre el suelo de madera. La puerta del dormitorio principal estaba casi cerrada, y el espantoso portento se hallaba justo delante de ella, apuntando hacia fuera. El policía empujó la puerta, pero algo que se encontraba tras ella le impidió abrirla. Por último, uniendo sus fuerzas, consiguieron irrumpir en el dormitorio. Ahí estaba la infortunada vieja, con sus exánimes miembros yaciendo sobre el suelo. Tenía dos rollos de papel de empapelar paredes bajo el brazo y había otros muchos tirados por el suelo junto a ella. Era evidente que los tremendos golpes que le habían aplastado el cráneo la habían cogido desprevenida, dejándola sin conocimiento en pocos instantes. No mostraba ningún signo de tener esa visión anticipada de lo que va a ocurrir, que constituye el único horror de la muerte.

La noticia del asesinato de una vecina tan conocida provocó en el barrio el mayor revuelo que pueda imaginarse, y se hicieron todos los esfuerzos concebibles para descubrir al asesino. La recompensa prometida por el gobierno, de 100 libras esterlinas, pronto fue aumentada a 300, pero sin resultado. Una cuidadosa inspección de la casa no consiguió revelar ninguna nueva pista. Era difícil determinar a qué hora se había perpetrado el asesinato, pues había motivos para suponer que la difunta no siempre se hacía la cama, de modo que el que la cama estuviera deshecha no demostraba que hubiera dormido en ella. La víctima estaba completamente vestida, como sería normal que lo estuviera por la tarde, y era improbable que estuviera negociando con rollos de papel a una hora muy temprana de la mañana. En conjunto, pues, los indicios parecían apuntar a la tarde del lunes, no mucho después de las siete, como hora de comisión del crimen.

No había sido forzada puerta o ventana alguna, de modo que la víctima le había abierto la puerta al asesino. No era coherente con sus costumbres el que hubiera dejado entrar en su casa a un desconocido y menos a esas horas. La presencia de los rollos de papel contribuía a demostrar que el visitante era alguien con quien hacía negocios. Hasta ahí, era difícil que la policía se equivocara. Por lo visto al asesino no le salió muy a cuenta su crimen, pues el único dinero que había en la casa, 48 libras, fue hallado escondido en el sótano, y no faltaba nada, excepto algunos pocos artículos de escaso valor. Durante semanas, el público esperó con impaciencia alguna detención, y durante semanas la policía guardó silencio, aunque ello no significa que permaneciese inactiva. Por fin, se efectuó una detención, y de una manera curiosamente dramática.

Entre las numerosas personas que ganaban pequeñas cantidades trabajando para la víctima, había un hombre de apariencia respetable, llamado George Mullins, de más de cincuenta años de edad, con la espalda recta típica de los que en alguna época de su vida han recibido una buena instrucción militar. Y en efecto había formado parte de la policía irlandesa, y había hecho otras muchas experiencias curiosas antes de establecerse como yesero en la zona este de Londres. Fue este hombre quien se presentó al sargento Tanner, de la policía, e hizo una declaración que prometía resolver el misterio entero.

De acuerdo con su relato, Mullins desde el principio había sospechado de Emms, el zapatero, y había tomado medidas para comprobar sus sospechas, impulsado en parte por su amor a la justicia y todavía más por su esperanza de obtener la recompensa. La posibilidad de ganar 300 libras le resultaba sumamente atractiva. «Ya verán ustedes cómo tengo razón», dijo, en su primera entrevista con la policía, y añadió, aludiendo a su propio pasado como policía, que él «entendía de esos asuntos». Tanto entendía, que su relato de lo que había visto y hecho proporcionó a la policía una excelente pista, que le permitió dar el paso siguiente en la investigación.

El zapatero vivía en una casita junto a un viejo depósito de ladrillos, en el cual, y a unos cincuenta metros de la casa, había un establo en ruinas. Mullins, al parecer, había estado observando discretamente a Emms en los últimos tiempos, y le había visto trasladar un paquete de su casa al establo donde lo había ocultado. «Muy probablemente —dijo el astuto Mullins—, está escondiendo parte del botín que ha robado.» También a la policía le pareció que la teoría no era descabellada, de modo que a la mañana siguiente, tres policías, acompañados por Mullins, irrumpieron en el domicilio de Emms, y registraron tanto la casa como el establo. Sus esfuerzos, sin embargo, fueron vanos, y no se encontró nada.

Ese resultado no satisfizo lo más mínimo al astuto Mullins, quien les regañó sin miramientos por no haber registrado a fondo el establo, y les convenció de que volvieran a intentarlo. Así lo hicieron, supervisados por él, y esta vez con los mejores resultados posibles. Detrás de una tabla encontraron un envoltorio de papel de lo más curioso. Estaba atado con un cordel basto, y cuando lo abrieron, reveló otro paquete atado con un bramante encerado. Dentro de éste se hallaron tres cucharillas y una cuchara, un par de gafas, y un cheque a nombre de la señora Emsley, del que se sabía que lo había cobrado el día en que fue asesinada. No había duda de que los restantes objetos también habían pertenecido a la difunta. El descubrimiento era, pues, de capital importancia, y el pequeño grupo emprendió el camino de la comisaría, con Emms confuso y apesadumbrado, y Mullins rebosante de orgullo en vista de su éxito como detective aficionado. Pero su triunfo no duró mucho. En la comisaría, el inspector le acusó de estar implicado él mismo en la muerte de la señora Emsley.

—¿Así me tratan, después de que les he dado información?

—Si es usted inocente no tema, no le ocurrirá nada —dijo el inspector; pero le detuvo.

Un giro tan inesperado en el desarrollo del caso provocó en el público una viva emoción, expresándose una repulsa unánime hacia el hombre al que se acusaba no sólo de un asesinato a sangre fría, sino de intentar deliberadamente cargar a otro con las culpas, a fin de cobrar la recompensa. Muy pronto se demostró que por lo menos Emms era inocente, pues pudo aportar una coartada que no dejaba lugar a dudas.

Pero si Emms era inocente ¿quién podía ser culpable, como no fuera el hombre que había colocado los objetos robados en el establo? ¿Y quién podía ser ese hombre sino Mullins, que había informado a la policía de que allí estaban dichos objetos? El caso fue prejuzgado por el público antes incluso de que el acusado se sentara en el banquillo, y los indicios que la policía había recogido contra él hacían muy improbable un cambio de opinión. Numerosos datos desfavorables para Mullins fueron presentados por la policía como demostración de su teoría sobre el caso, y el sargento Parry los expuso ante el jurado en el Tribunal Central de lo Penal el día 25 de octubre, unas diez semanas después del crimen.

A primera vista, las pruebas contra Mullins parecían irrefutables. El registro de su domicilio inmediatamente después de su arresto permitió a la policía descubrir, sobre la repisa de la chimenea, un pedazo de cordel muy parecido al que había servido para atar el paquete. Tanto el uno como el otro estaban compuestos de treinta y dos hebras. También se encontró un pedazo de cera de zapatero, como la que se habría necesitado para encerar el bramante con que estaba atado el envoltorio interior. La cera de zapatero no era una sustancia que Mullins pudiera necesitar en su trabajo, de lo que el fiscal concluía que Mullins se la había procurado sin otro propósito que el de hacer recaer las sospechas sobre el desventurado zapatero. Un martillo de yesero, que podría haber infligido los golpes, fue también descubierto en la casa, así como una cuchara muy parecida a las que habían desaparecido de la casa de la señora Emsley. También se descubrió que la señora Mullins había vendido recientemente un pequeño plumier de oro al dueño de una taberna próxima, y se encontraron dos testigos que juraron que dicho plumier pertenecía a la señora Emsley y había estado en su poder poco antes de la fecha del crimen. También se descubrió un par de botas, una de las cuales encajaba con la huella dejada sobre el suelo, y los peritos médicos declararon que había cabellos humanos bajo la suela. Los mismos peritos hallaron restos de sangre en el plumier de oro que la señora Mullins había vendido. Y la asistenta que hacía la limpieza los sábados declaró que estando ella en la casa, dos días antes del crimen, había aparecido Mullins, llevando algunos rollos de papel pintado, y la señora Emsley le había dicho que los subiera a la habitación donde más tarde ocurriría la tragedia. Quedaba claro que la señora Emsley había estado haciendo algún trato referente al papel pintado en el momento en que fue derribada, y ¿no era natural suponer que la persona con quien hacía ese trato era la misma que había llevado dicho papel a su casa? También se demostró que durante el día la señora Emsley le había entregado cierta llave a Mullins. Esa llave fue hallada en el suelo de la misma habitación donde se descubrió el cadáver, y el fiscal preguntó cómo podía haber aparecido allí si Mullins no la había llevado.

No le faltaban pues argumentos a la policía, y por si no bastaran, les añadieron una nueva prueba, que demostraba que Mullins había sido visto tanto yendo al lugar del crimen como alejándose de él. Un tal Raymond estaba dispuesto a jurar que aquella misma tarde, a las ocho, le había entrevisto en una calle próxima al domicilio de la señora Emsley. Llevaba un sombrero negro. Apareció un marinero que dio fe de haberle visto en Stepney Green un poco después de las cinco de la madrugada del día siguiente al asesinato. El marinero, según su propio relato, se había fijado en un hombre que le había llamado la atención por sus gestos nerviosos y aspecto agitado, así como por lo mucho que abultaban sus bolsillos. Llevaba un sombrero marrón. Cuando oyó hablar del asesinato, espontáneamente informó a la policía, y estaba dispuesto a jurar que Mullins era el mismo hombre que él había visto.

Todas estas pruebas en contra del acusado fueron reforzadas además por muchos pequeños detalles sospechosos. Por ejemplo, que cuando hizo a la policía su declaración para inculpar a Emms, Mullins había afirmado que Emms era casi el único hombre al que la señora Emsley le abría su puerta.

—¿Y a usted, Mullins, no se la abría? —preguntó el policía.

—No —dijo él—. Primero se asomaba a la ventana a preguntarme qué quería.

Esta respuesta suya, de la que luego se demostró que no era cierta, pesó mucho en su contra durante el juicio.

Difícil era el reto al que se enfrentaba el abogado defensor, el señor Best, cuando se levantó para replicar a una acusación tan completa y bien trabada. Ante todo, sus esfuerzos se dirigieron a presentar una coartada, cosa que hizo llamando a declarar a los hijos de Mullins, que aseguraron que su padre había regresado a casa muy pronto aquel lunes. Su declaración, sin embargo, no tenía mucho peso, y fue puesta además en entredicho por la lavandera, que demostró que los niños confundían un día con otro. En cuanto a la bota, el abogado subrayó que los yeseros, en su trabajo, utilizan cabellos humanos, y comentó que el fiscal no había conseguido probar que hubiese restos de sangre en esa misma bota que supuestamente había dejado la huella sangrienta. En lo que respecta a la mancha de sangre hallada en el plumier, demostró que el tabernero, al comprarlo, lo había limpiado y bruñido meticulosamente, de modo que si había algún resto de sangre en él, esa sangre no era, ciertamente, de la señora Emsley. También señaló la discrepancia entre el testimonio de Raymond, quien decía haber visto al acusado a las ocho con un sombrero negro, y el marinero, que aseguraba haberle visto a las cinco de la madrugada con un sombrero marrón. Si la teoría del fiscal era que el acusado había pasado la noche en casa de la víctima, ¿cómo podría haber cambiado de sombrero? Uno u otro de los testimonios, si no los dos, carecía de valor. Además, el marinero había visto a ese misterioso desconocido en Stepney Green, un lugar muy alejado de la línea hipotética que uniría el escenario del crimen con el domicilio de Mullins. En cuanto a los bolsillos abultados, sólo habían sido robados unos pocos objetos, insuficientes para producir bultos notorios en los bolsillos del ladrón. Y ni Raymond ni el marinero notaron que el hombre al que vieron llevase un martillo de yesero, arma con la que supuestamente se había cometido el crimen.

En ese punto, el abogado aportó dos nuevos e importantísimos testigos, cuya declaración produjo uno de esos golpes de efecto de los que fue tan pródigo el caso que nos ocupa. La señora Barnes, residente en Grove Road, enfrente del escenario del crimen, juró que a las diez menos veinte de la mañana del martes —doce horas después de la hora en que según la teoría policial, fue cometido el crimen— vio a alguien manejando rollos de papel pintado en el dormitorio del piso de arriba, y que también vio la ventana de la derecha entreabierta. Claro está que podía estar equivocada en cualquiera de estos dos detalles, pero es difícil pensar que se equivocaba en los dos. Y si era cierto que había alguien en la habitación a esa hora, fuese la señora Emsley o su asesino, en ambos casos ello ponía de manifiesto que la reconstrucción de los hechos efectuada por el fiscal era completamente errónea.

La segunda prueba testifical procedía de Stephenson, un maestro de obras, quien declaró que ese martes por la mañana había visto a un tal Rowland, maestro de obras como él, salir de una casa llevando en la mano rollos de papel pintado. Eso sucedía poco después de las diez de la mañana. No podía jurar cuál era la casa en cuestión, pero le parecía que era la de la señora Emsley. Rowland pasaba apresuradamente junto a él, cuando Stephenson le detuvo para preguntarle —se conocían un poco— si sabía empapelar paredes.

—Sí, claro —respondió Rowland— ¿no lo sabía usted?

—Pues no —le dijo Stephenson—; de haberlo sabido le habría dado trabajo más de una vez.

—Pues es una de las primeras cosas que aprendí cuando empecé en este oficio —comentó Rowland, y siguió su camino.

Cuando le llegó el turno, Rowland apareció en el estrado y afirmó que consideraba a Stephenson poco menos que débil mental. Admitió la veracidad del encuentro y de la conversación, pero aseguró que ello había tenido lugar varios días antes. Él estaba, por entonces, empapelando la casa de al lado de la señora Emsley, y era ésa la casa de la que había salido.

Así estaban las cosas cuando el juez tuvo que afrontar la difícil tarea de resumir las pruebas presentadas. Algunos de los indicios en que la policía se había basado para acusar a Mullins los descartó sin ninguna dificultad. En cuanto al cordel, la mayor parte de ellos constan de treinta y dos hebras, y a su juicio, el hallado en casa de Mullins no era idéntico al que ataba el paquete. La cera de zapatero era una sustancia bastante corriente, y en cuanto al martillo de yesero, no se podía reprochar a un artesano que poseyera una herramienta propia de su oficio. En cuanto a la bota, su parecido con la huella hallada en el lugar del crimen no era suficiente para sacar de ello conclusión alguna. El punto débil de la defensa era que parecía casi demostrado que Mullins había ocultado los objetos de la difunta en el establo. Si no había sido él el autor del crimen, ¿por qué no declaraba voluntariamente cómo aquellos objetos habían llegado a su poder? Su afirmación de que la señora Emsley no le hubiera abierto la puerta, cuando es seguro que sí lo habría hecho, también pesaba contra él. Por otra parte, los testimonios contradictorios del marinero y del otro hombre que había visto a Mullins cerca del lugar del crimen, no resultaban en definitiva demasiado convincentes, y el juez tampoco consideraba de gran importancia el incidente de la llave, ya que dicha llave podía haberle sido devuelta a la víctima en algún otro momento. En resumen, todo podía encajar excepto el hecho de que el paquete hubiera sido escondido en el establo; y este hecho resultaba tan desfavorable al acusado que, incluso en ausencia de cualquier otra prueba concluyente, constituía por sí misma una prueba aplastante.

El jurado deliberó durante tres horas, al cabo de las cuales emitió su veredicto: «Culpable», con el que el juez estuvo de acuerdo. Algunas de sus palabras, no obstante, en el momento de dictar sentencia, dieron a entender que no estaba verdaderamente convencido.

—Si puede usted demostrar, incluso a estas alturas del juicio —dijo— que es usted inocente del crimen del que se le acusa, no dude que se prestará la máxima atención a cualquier prueba sólida que nos pueda aportar.

Aludir a la posibilidad de que un hombre sea inocente, y al mismo tiempo condenarle a ser ahorcado, es algo que a una mente profana en estos asuntos no dejará de parecerle un procedimiento bastante ilógico y hasta bárbaro. Es cierto que la acumulación de pruebas contra Mullins era considerable, y que la investigación demostró que los antecedentes de nuestro hombre eran de los peores. Aun así, cuando las pruebas no son concluyentes, por mucho que todas apunten en la misma dirección, mientras que no hay ninguna prueba de peso comparable en sentido contrario, toda cautela es poca, pues casi siempre es posible darle la vuelta a los indicios para que signifiquen otra cosa.

En el caso que nos ocupa, incluso si admitimos que la coartada suministrada por los hijos de Mullins no tenía ningún valor, y admitiendo también que el testimonio del señor Stephenson podía ser descartado, queda la declaración tajante y absolutamente desinteresada de la señora Barnes, que parecería demostrar que incluso si Mullins cometió el crimen, lo hizo de un modo completamente distinto al imaginado por la policía. Y además, ¿no es totalmente improbable que un hombre que ha cometido un crimen a las ocho de la tarde más o menos, permanezca toda la noche en la casa con el cadáver de su víctima, a oscuras —pues una luz moviéndose por la casa habría sin duda sido observada por los vecinos—, y que no escape mientras es de noche, sino que espere, para hacerlo, a que brille el deslumbrante sol de una mañana de agosto?

La lectura del sumario le deja a uno la irresistible impresión de que, aunque muy probablemente Mullins era culpable, la policía nunca consiguió establecer los detalles del crimen, y que se corrió el riesgo de error judicial cuando se pronunció la sentencia de muerte.

Hubo grandes discusiones en aquel entonces, entre los profesionales de la ley, sobre si las pruebas eran o no suficientes; pero el público en general se mostró satisfecho, pues el crimen resultaba tan odioso, que se extendió un fuerte prejuicio en contra del acusado. Mullins fue ahorcado el 19 de noviembre, y dejó una declaración escrita reafirmando su inocencia. Nunca intentó explicar las circunstancias que le costaron la vida, pero afirmó en sus últimas horas que creía que Emms era inocente del asesinato, cosa que algunos han interpretado como una confesión de que él mismo había colocado los objetos incriminadores en el establo. Los cuarenta años transcurridos desde entonces no han servido para arrojar ninguna nueva luz sobre tan turbio asunto.

Los Matones de Market-Drayton

Al norte de Wrekin, en medio de esa región bucólica, suavemente ondulada, que se extiende allí donde el condado de Shropshire linda con el de Staffordshire, se encuentra una comarca rústica que es quizá la más auténtica que podemos hallar en todo el territorio de Inglaterra. A cierta distancia en dirección al sudeste se elevan las grandes alfarerías de Staffordshire; y todavía más al sur, una larga y oscura humareda marca el emplazamiento de las minas de hierro y carbón. Sin embargo, a las orillas del Torn se suceden bellas y rústicas aldeas, y allí donde hay mercados, pequeñas ciudades soñolientas que en los últimos cien años, apenas si han cambiado: sólo se ha extendido el musgo, y los rojos ladrillos se han desteñido un poco más. Al viajero que en la época de nuestros abuelos cruzaba traqueteando esta hermosa comarca en la diligencia de Liverpool y Shrewsbury, le impresionaba profundamente la arcádica simplicidad de los campesinos, y se felicitaba de comprobar que la inocencia, desterrada de las ciudades hace ya tanto tiempo, pudiera aún hallar refugio en esos apacibles escenarios. Lo más probable es que hubiera sonreído con incredulidad si le hubiesen asegurado que ni en los tugurios de Whitechapel ni en los barrios de barracas de Birmingham era tan laxa la moral, ni tan barata la vida humana, como en la hermosa región que estaba admirando.

Cómo se había llegado a esa situación, es difícil precisarlo. Puede ser que la misma belleza y sosiego del lugar hicieran que se abandonasen las precauciones y garantías que habrían podido ahogar en el nido las intenciones criminales. La nueva policía de sir Robert Peel no había sido aún instaurada. Incluso en Londres la policía distaba mucho de ser eficaz para perseguir los delitos ya cometidos, y no digamos, para prevenirlos. Es fácil, pues, imaginar, que entre los huertos y dehesas de Shropshire el brazo de la justicia, por muy poderoso que fuese para vengar el crimen, poco podía hacer para proteger de él a la población. Y lo que seguramente ocurrió fue que al no ser castigados los pequeños delitos, se pasó a delitos mayores, y después a otros todavía más graves, hasta que, en el año 1828, gran parte de la población campesina se había conchabado para derrotar a la ley y para protegerse unos a otros de las consecuencias de sus fechorías. Esa sociedad secreta podría haber conseguido sus propósitos, si no hubiera sido por la incomparable y antinatural vileza de uno de sus miembros, cuya conducta totalmente egoísta y sin escrúpulos hace que por comparación, la crueldad a sangre fría de sus compañeros parezca cosa de poca monta.

En el año 1827 un joven y apuesto campesino, llamado Thomas Ellson, en la flor de la edad, fue detenido en Market-Drayton, acusado de dos delitos: robar patatas, y robar ovejas. Este último, en aquella época, podía conducir al patíbulo. Pero las pruebas reunidas por el fiscal resultaron, en el último momento, insuficientes, debido a la inexplicable ausencia de un importante testigo llamado James Harrison. El juicio se desarrollaba con toda normalidad, hasta que el ujier llamó a declarar al señor Harrison. No hubo respuesta. El ujier insistió, repitiendo tres veces el nombre del testigo; pero éste siguió sin comparecer. En consecuencia, hubo que retirar la acusación por falta de pruebas, y Thomas Ellson fue puesto en libertad bajo fianza. Mucho más fuerte tendría que haber gritado el ujier para que se levantara James Harrison, pues mientras le estaban llamando, yacía, brutalmente asesinado, en una tumba cavada deprisa y corriendo a un kilómetro o dos del tribunal.

Al parecer, la banda que azotaba la región tenía, entre sus innumerables vicios, una dudosa virtud: la férrea obstinación con que se protegían unos a otros. Ni siquiera un miembro del clan Macgregor, intentando liberar a otro miembro de su clan de las garras de un Sassenach, habría mostrado una lealtad más firme y sin escrúpulos. Ese sentimiento era aún más fuerte por el hecho de que los miembros del grupo estaban en general unidos entre sí por lazos de sangre, o por matrimonio. Cuando se hizo evidente que la liberación de Ellson sólo podía obtenerse al precio de silenciar a James Harrison, no hubo, por lo visto, la menor duda sobre las medidas que debían tomarse.

Los primeros en actuar fueron Ann Harris, que era la madre de Ellson —nacido de su primer matrimonio—, y John Cox, su suegro. Este último era un viejo fiero y turbulento, con dos hijos mayores y tan salvajes como él; mientras que la señora Harris nos es descrita como una simpática y rubicunda campesina, sin ningún rasgo que llamara la atención, a no ser el brillo de sus ojos. Estas dos eminencias reflexionaron juntas y decidieron que James Harrison debía ser envenenado, concretamente con arsénico. Intentaron comprarlo en varias boticas, pero no lo consiguieron. Por cierto, que el diálogo mantenido por la señora Harris con el boticario resulta muy elocuente sobre la moral imperante en Market-Drayton en esa época. Cuando se le preguntó para qué quería el arsénico, la señora contestó con naturalidad que era simplemente «para envenenar a ese canalla de James Harrison». El boticario se negó a vendérselo, pero por lo visto no consideró que hubiera en sus palabras nada fuera de lo común, pues no se tomó la molestia de informar a las autoridades, ni de advertir a la futura víctima.

Viendo que era imposible conseguir su propósito por ese medio, la madre y el suegro decidieron recurrir a la violencia. Siendo ellos mismos viejos y débiles, resolvieron alquilar asesinos a sueldo, cosa que por lo visto no resultaba ni difícil ni cara en esas regiones. Cinco libras bastaron para procurarse los servicios de tres jóvenes fornidos y dispuestos a eliminar vidas humanas con igual facilidad que cualquier matón italiano provisto de un estilete. Dos de ellos eran los hijos del viejo Cox, John y Robert. El tercero era un jovencito llamado Pugh, que se alojaba en la misma casa que la futura víctima. El espectáculo de tres palurdos ingleses, ataviados con la blusa de los artesanos, vendiéndose al precio de treinta y tres chelines y cuatro peniques por cabeza para asesinar a un hombre contra el cual no tenían nada personal, es por fortuna un caso único en los anales del crimen.

Los tres hombres se ganaron su sangriento estipendio. Al día siguiente por la noche, Pugh propuso al desprevenido Harrison que se escabulleran juntos fuera de la casa para ir a robar tocino, propuesta que parece haber ejercido una fatal seducción sobre los habitantes de Drayton en esa época. Harrison le acompañó en la expedición; y poco después, en un lugar solitario, se tropezaron con los hermanos Cox. Uno de ellos estaba cavando una zanja. Harrison expresó cierta curiosidad a propósito del trabajo que Cox tenía entre manos a esas horas de la noche. Poco se imaginaba que era su propia tumba lo que estaba contemplando. Sin perder tiempo, Pugh le agarró por la garganta, John Cox le echó la zancadilla, y entre los dos le estrangularon. Metieron el cuerpo en el agujero, lo taparon con cuidado, y con toda tranquilidad volvieron cada uno a su cama. A la mañana siguiente, como queda dicho, el ujier le llamó en vano, y Thomas Ellson recuperó la libertad.

Cuando salió de la cárcel, sus socios, como es natural, le explicaron —rebosantes de orgullo— por qué medios habían conseguido silenciar al testigo de la acusación. Los hermanos Cox, Pugh y su propia madre, todos le contaron la misma historia. La desventurada señora Harris ya había tenido ocasión de arrepentirse de sus actos, pues Pugh, que por lo visto era un canalla empedernido a pesar de su juventud, había empezado a extorsionarla valiéndose de lo que sabía. También Robert Cox la había amenazado: «Si no me da usted más dinero, lo traigo y se lo dejo en la puerta». Por lo visto, esos sinvergüenzas pueblerinos se imaginaban un paradisíaco futuro de cerveza ilimitada, a base de manipular los sentimientos de la vieja campesina.

Cualquiera creería que no se podía llegar más lejos en la infamia de lo que en este asunto se había llegado ya; pero era Thomas Ellson, el beneficiario de todo ello, quien estaba destinado a superar las iniquidades de sus compañeros. Aproximadamente un año después de su liberación, fue detenido de nuevo, acusado esta vez de haber robado gallinas, y a fin de eludir el nimio castigo que comportaba esa falta, instantáneamente contó toda la historia de la desaparición de James Harrison. Si su confesión hubiera sido provocada por un sentimiento de repugnancia ante el crimen, habría sido digna de elogio; pero las circunstancias del caso demuestran que no era sino una apuesta, hecha con la mayor sangre fría, para librarse de la levísima pena que le aguardaba, entregando a cambio la vida de su propia madre y de sus compinches. Por inmensa que fuera la culpa de éstos, por lo menos habían incurrido en ella con el propósito de salvar a ese desalmado del destino que se tenía más que merecido.

El consiguiente proceso provocó el más vivo interés en toda Inglaterra. Ann Harris, John Cox, el joven John Cox, Robert Cox y James Pugh fueron todos ellos procesados por el asesinato de James Harrison. Los restos del infeliz habían sido desenterrados de la zanja, y sólo pudo reconocérsele por sus ropas y por el color del pelo. Las pruebas contra los acusados eran casi inexistentes, excepto una: la declaración de Thomas Ellson, pronunciada con una claridad y precisión tales, que ningún careo consiguió desmentirla. Refirió las distintas conversaciones en las que los acusados, incluida su madre, habían confesado su crimen, con la misma calma e imperturbabilidad que si nada estuviera en juego. Desde el momento en que Pugh invitó a Harrison a salir juntos para robar tocino, hasta que le agarró por la garganta, todos los detalles fueron apareciendo por riguroso orden. Miró a su madre sin pestañear mientras juraba que ella le había confesado haber contribuido con cincuenta peniques a la desaparición del testigo. Jamás se ha presenciado en un tribunal inglés un espectáculo más repulsivo que el de ese villano imperturbable condenando a muerte, con la mayor tranquilidad, a la mujer que le había dado la vida, y cuyo crimen no tenía otro móvil que su extravagante amor hacia su hijo; y todo para librarse él mismo de un pequeño contratiempo.

El señor Phillips, el abogado de la defensa, hizo todo lo que pudo para poner en duda la declaración de Ellson; pero aunque suscitó el odio del país entero por la habilidad con que puso de manifiesto los móviles y el carácter del acusado, no consiguió hacerle incurrir en contradicción alguna en lo que se refiere a los hechos. El jurado declaró culpables a todos los acusados.

El 4 de julio de 1828 la terrible sentencia fue ejecutada en las personas de Pugh y del joven Cox, los dos que habían asesinado a Harrison con sus manos.

Pugh declaró que la muerte era para él un alivio, pues Harrison estaba siempre, día y noche, a su lado. Cox, por su parte, murió con gesto hosco, sin dar ningún signo de arrepentimiento por el terrible crimen que le costaba la vida. Thomas Ellson fue obligado a presenciar la doble ejecución, como una advertencia para apartarle del camino del delito.

A la señora Harris y al viejo Cox se los llevaron allende los mares, y pasaron los pocos años de vida que les quedaban en los horrendos barracones para condenados situados en el emplazamiento de lo que hoy es la hermosa ciudad de Sydney. La dispersión de la virtuosa banda hizo que el aire de las colinas de Shropshire fuese más respirable; y se sabe que este saludable ejemplo convenció a los campesinos de dos cosas: de que incluso en su región, la ley todavía ejercía su dominio, y de que, desde un punto de vista puramente comercial, la compraventa de matones no es un negocio que salga a cuenta en Inglaterra.

La Travesía del Flowery Land

Un remolcador a vapor resoplaba cansinamente arrastrando el clíper de altos mástiles, bien equipado con lanchas de salvamento. El clíper, con sus relucientes costados recién pintados de negro, su afilada proa, y su arqueada bovedilla, era la viva imagen del velero rápido y audaz; pero quienes conocieran su historia podrían haberlo convertido en el perfecto ejemplo para ilustrar un sermón sobre la desaparición del marinero británico; y en este sentido, el clíper era el escándalo del río. Chinos, franceses, noruegos, españoles, turcos...: transportaba un verdadero muestrario de la raza humana. Todos ellos trabajaban arduamente, limpiando los puentes y cerrando las escotillas, pero el alto y corpulento primer oficial se mesó los cabellos cuando descubrió que prácticamente ninguno de los hombres que componían la tripulación era capaz de comprender una orden dada en inglés.

El capitán, John Smith, llevaba consigo a su hermano pequeño, George Smith. Le había hecho embarcar con la esperanza de que la travesía fuera beneficiosa para su salud. Estaban en ese momento sentados ambos a la mesa, con una botella de champán abierta entre ellos, cuando el primer oficial, obedeciendo a una orden del capitán, hizo su aparición. Todavía le ardían los ojos de resultas de su reciente estallido de ira.

—¡Bueno, señor Karswell! —exclamó el capitán—, nos espera un largo viaje. Calculo que necesitaremos unos seis meses antes de vislumbrar el faro de Singapur. He pensado que le gustaría tomar una copa con nosotros. ¡Brindemos porque nos conozcamos mejor y porque tengamos un buen viaje!

Era el capitán un tipo jovial y simpático. Su cara, muy roja y marcada por las inclemencias del tiempo, irradiaba buen humor. El gesto hosco del primer oficial se relajó al oír estas cordiales palabras, y se bebió de un trago la copa de champán que el capitán le ofrecía.

—¿Qué le parece el barco, señor Karswell? —preguntó el capitán.

—No creo que nos cree problemas, señor.

—Tampoco nos los creará el cargamento —dijo el capitán—. Llevamos un centenar de docenas de cajas de champán y unos cuantos fardos de tela. ¿Y de la tripulación, qué me dice, señor Karswell?

El primer oficial meneó la cabeza.

—Necesitan mano dura, señor. Hay que espabilarlos. Lo que es yo no he parado desde que zarpamos de Liverpool. ¿Sabía usted que aparte de nosotros tres y de Taffir, el segundo oficial, no hay un solo inglés a bordo? El camarero, el cocinero y el pinche son chinos, si no me equivoco. Anderson, el carpintero, es noruego. Bueno, está Early, el grumete: ése es inglés. Luego, hay un francés, un finlandés, un turco, un español, un griego y un negro; en cuanto a los demás, no sé qué diantre son, porque nunca en mi vida he visto nada parecido.

—Son de las islas Filipinas, medio españoles y medio malayos —respondió el capitán—. Les llamamos hombres de Manila, porque todos provienen de ese puerto. Ya verá usted que como marineros son bastante buenos. Le garantizo que trabajan bien.

—Ya me encargaré yo de que así sea —dijo el grueso oficial, apretando amenazadoramente el puño.

A Karswell no le resultó nada fácil poner orden en ese extraño material humano con el que tenía que trabajar. Taffir, el segundo oficial, era un joven de carácter apacible, buen marinero y agradable compañero de viaje, pero no lo bastante rudo como para disciplinar a una tripulación tan arisca. Eso, sólo Karswell podía hacerlo. A la mayoría de los hombres que estaban bajo su mando, consiguió someterlos a su autoridad; pero los de Manila eran peligrosos. Eran tipos extraños, con la nariz chata, como la de los tártaros, ojos pequeños, frente huidiza y brutal, y cabellera lacia y negra como la de los indios americanos. Tenían la piel oscura, color café, y eran todos sumamente fornidos. Había seis de ellos a bordo: León, Blanco, Duranno, Santos, López y Marsolino, de entre los cuales sólo uno, León, hablaba bien inglés, lo que le permitía servir de intérprete a los demás. A todos ellos los puso el primer oficial en un mismo turno de vigía, bajo su mando, junto con Watto, un joven y apuesto levantino y Carlos, un español. Los marineros más tratables fueron asignados a Taffir para el otro turno de vigía. Y así, en un radiante día de julio, los veraneantes que paseaban por las colinas del condado de Kent contemplaron cómo el hermoso velero, sorteando los bajíos de Goodwins, se internaba por el canal de la Mancha, para no ser visto nunca más, excepto una vez, por ojos humanos.

Los hombres de Manila parecieron someterse a la disciplina, pero sus cabezas inclinadas y miradas oblicuas advertían a los oficiales que no había que confiar excesivamente en ellos. En el castillo de proa se oía refunfuñar a propósito de la comida y del agua, y quizás esas protestas no eran del todo injustificadas. Pero el primer oficial era un hombre de carácter severo e inflexible, y los descontentos no consiguieron arrancarle compensación alguna, o siquiera un gesto de simpatía. Un día, uno de ellos, Carlos, el español, intentó no levantarse, alegando estar enfermo, pero el oficial le arrastró al puente y le colgó de los macarrones. Pocos minutos después, el hermano del capitán Smith subió al puente, vio lo que sucedía e informó a su hermano. Éste acudió inmediatamente, y habiendo examinado al hombre, dictaminó que estaba realmente enfermo y le ordenó que volviese a su litera, recetándole al mismo tiempo cierto medicamento. Semejante incidente no era lo más apropiado para mantener la disciplina, ni para fortalecer la autoridad del primer oficial sobre la tripulación. En otra ocasión, ese mismo español entabló una pelea con Blanco, el más fornido y brutal de los hombres de Manila, armado el uno con una navaja y el otro con una escarpia. Ambos oficiales se abalanzaron a interponerse entre ellos, y en la escaramuza, el primer oficial derribó al español de un puñetazo.

Entre tanto, el barco navegaba sin contratiempos rumbo al sur, hasta alcanzar la latitud del cabo Blanco, en la costa africana. Los vientos eran moderados, y el día 10 de septiembre, cuando se cumplían seis semanas desde que zarparon, no estaban más que a 19 grados de latitud hacia el sur y 36 de longitud hacia el oeste. Fue en la mañana de ese día cuando el descontento latente estalló en una terrible llamarada.

El turno de vigía del primer oficial era de una a cuatro de la madrugada. Durante esas tenebrosas horas, se quedaba a solas con los salvajes marineros que estaban bajo su mando. Ni siquiera un domador en la jaula de los leones habría corrido un peligro más inminente que él, pues la muerte podía estar acechándole, escondida en cualquiera de las negras sombras que se erguían aquí y allá, sobre el puente iluminado por la luna. Noche tras noche, había conseguido sortearla, hasta que quizás esa aparente inmunidad le hizo perder la cautela; pero vino al fin. Al sonar las seis campanadas, correspondientes a las tres de la madrugada, más o menos la hora en que la primera luz, todavía gris, de la aurora aparecía en el extremo oriental del cielo, dos de los mulatos, Blanco y Duranno, se acercaron silenciosamente al oficial por detrás, arrastrándose, y le derribaron a golpes de escarpia. Early, el grumete inglés, que no sabía nada de la conjura, estaba en su puesto de vigía, en el castillo de proa, en ese momento. Por encima del murmullo del trinquete y el de las olas, oyó un súbito golpe seco, y la voz del primer oficial gritando: «¡Asesinos!». Bajó corriendo, y encontró a Duranno que con espeluznante saña seguía golpeando al oficial en la cabeza. El chico intentó intervenir, pero el marinero le ordenó secamente que se metiera en la camareta alta, y él obedeció la orden. En la camareta dormían el carpintero noruego y Candereau, el marinero francés. Ambos eran hombres honrados. El pequeño Early les informó de lo ocurrido; los gemidos del oficial, que aún podían oírse, corroboraban la veracidad de su historia. El carpintero salió corriendo y encontró al desventurado oficial con un brazo roto y el rostro horriblemente mutilado.

—¿Quién es? —gritó Karswell, al oír pasos que se acercaban.

—Soy yo, el carpintero.

—¡Por lo que más quieras, llévame a la cabina!

El carpintero se inclinó con intención de hacer lo que el herido le pedía, pero Marsolino, uno de los conjurados, le derribó de un golpe en la nuca. Aunque el golpe no era muy fuerte, el carpintero lo interpretó como una orden de que se ocupara de sus asuntos, y llorando de rabia por su impotencia, regresó a su litera. Entre tanto, Blanco, que era el gigantón del grupo, con la ayuda de otro amotinado, había levantado el cuerpo de Karswell y alzándolo por encima de los macarrones —mientras el infeliz todavía clamaba pidiendo ayuda— lo había arrojado al mar. Karswell había sido el primero en ser atacado; pero no fue el primero en morir.

De los que estaban abajo, el primero que oyó los espeluznantes gritos procedentes de cubierta fue el hermano del capitán, George Smith, el que había embarcado con intención de hacer un viaje de placer. Subió corriendo la escalera de la cámara alta, y en cuanto se asomó a la cubierta, le destrozaron el cráneo a golpes de escarpia. De las características personales de este pacífico viajero, lo único que se conoce es el dato, bastante tétrico, de que era tan delgado que bastó un solo hombre para arrojar su cadáver por la borda. El capitán se había despertado al mismo tiempo y salió corriendo de su camarote hacia la cabina. Le siguieron León, Watto y López, que le cosieron a puñaladas. Sólo quedaba Taffir, el segundo oficial, y sus aventuras merecen tratarse con menos reticencia, pues tuvieron un final más feliz.

Se despertó con las primeras luces del alba, al oír la algarabía y el estruendo procedentes de la cámara alta. Para un marinero con tanta experiencia como él, semejantes ruidos a semejante hora sólo podían significar una cosa, la más terrible que puede aprender en toda su vida un oficial de la marina. Con el corazón en un puño, se levantó de un salto de su litera y se precipitó hacia la escalera de la cámara alta. La encontró obstruida por el cuerpo del hermano del capitán, sobre cuya cabeza se abatía aún una lluvia de golpes. Intentando abrirse paso, Taffir recibió a su vez un golpe que le derribó hacia atrás. Con la cabeza dándole vueltas, volvió corriendo a la cabina y apagó la lámpara, que estaba humeando: un gráfico detalle, que indica la agitación de la última mano que la había encendido. Vio entonces el cadáver del capitán, tirado sobre la alfombra, con su camisón lleno de sangre y desgarrado por las puñaladas. Horrorizado por el espectáculo, Taffir volvió a su camarote y se encerró en él, a esperar, temblando de aprensión, el siguiente paso de los amotinados. Podemos pensar que no era un tipo muy viril, pero hay que reconocer que las circunstancias eran tales que habrían puesto en entredicho la hombría del más valiente. La hora en que despunta un gélido amanecer no es la más apropiada para hacer una exhibición de arrojo, y haber visto a dos hombres, con los que había cenado la noche anterior, yaciendo en un charco de sangre, sin duda terminó de acobardarle. Temblando y sollozando, aguzó el oído para escuchar los pasos que al acercarse, le anunciarían sin lugar a dudas una muerte próxima.

Llegaron al fin, retumbando pesadamente sobre las abrazaderas de cobre de los escalones; eran los pasos de media docena de hombres por lo menos. Una mano golpeó fuertemente su puerta, y una voz le ordenó que saliera. Sabiendo que el frágil cerrojo no le ofrecía protección alguna, Taffir abrió la puerta y dio un paso adelante. Lo que vio habría asustado a un hombre más valiente que él: allí estaban todos los asesinos, León, Carlos, Santos, Blanco, Duranno, Watto, la mayoría de ellos de catadura feroz, incluso en circunstancias normales, pero ahora, armados con sus puñales chorreantes y sus porras manchadas de rojo, y vistos en la penumbra del amanecer, formaban un grupo más espantoso de lo que hasta el más fantasioso novelista pueda imaginar. Los hombres de Manila no se movieron: permanecieron de pie, en semicírculo junto a la puerta, con sus salvajes rostros mongólicos vueltos hacia él.

—¿Qué vais a hacer conmigo? —gritó—. ¿Vais a matarme?

Mientras hablaba, intentó aferrarse a León, pues al ser el único que sabía inglés, actuaba como cabecilla de la banda.

—No —dijo León—, no te vamos a matar. Pero hemos matado al capitán y al primer oficial. No queda nadie a bordo que entienda de navegación. Tienes que llevarnos a algún sitio donde podamos desembarcar.

El tembloroso oficial, que apenas podía creerse la tranquilizadora promesa que estaba oyendo, aceptó ávidamente el encargo.

—¿Adónde queréis que os lleve? —preguntó.

Los hombres de oscuros rostros intercambiaron murmullos en español, y fue Carlos quien contestó, en un inglés rudimentario:

—Remontar río de la Plata —dijo—. ¡Buena región! ¡Lleno de españoles!

Y eso fue lo que acordaron.

Y diríase que después de eso, un escalofrío de repugnancia a la vista de lo que habían hecho sacudió a esos granujas sin escrúpulos, pues se pusieron a limpiar la cabina. El cuerpo del capitán fue atado con una cuerda y subido a cubierta, y Taffir —hay que reconocerle este mérito— insistió en que la ceremonia fúnebre tuviera un mínimo de decencia.

—¡Allá va el capitán! —exclamó Watto, el guapo jovencito levantino, al oír cómo el cadáver caía al agua—. ¡Nunca más nos insultará!

Luego todos bajaron al salón, excepto Candereau, el francés, que tomó el timón. Los que eran inocentes tenían que fingir que aprobaban los crímenes, para salvar sus propias vidas. Las posesiones del capitán fueron colocadas sobre la mesa y divididas en diecisiete partes. Watto insistió en que tenían que ser sólo ocho, pues sólo ocho de ellos habían participado en el motín, pero León, más astuto, argumentó que todos debían estar igualmente implicados en el crimen, tomando su parte del botín. Había dinero y ropa para repartir, y una gran caja de botas, que representaba una pequeña operación comercial personal del capitán. Así pues, todos estrenaron botas. En cuanto al dinero, tocó a unas diez libras por persona, y el reloj fue puesto de lado para venderlo y dividir las ganancias, más adelante. Después los amotinados tomaron posesión de la cabina, el rumbo del barco se modificó en dirección a Suramérica, y el desventurado velero emprendió la segunda parte de su infame travesía.

Los amotinados no respetaron el cargamento: la cubierta estaba sembrada de cajas de champán abiertas, de las que cada uno se servía tranquilamente al pasar junto a ellas. A todas horas se oía el petardeo de los tapones de corcho que saltaban, y el aire estaba saturado del olor leve, dulzón y empalagoso del champán. El segundo oficial era teóricamente el jefe, pero era un jefe que no tenía los medios necesarios para hacerse obedecer. De la mañana a la noche era amenazado e insultado, y sólo la intervención de León, y la bien fundada convicción de que sin él nunca llegarían a tierra, le salvaban de que se realizasen las constantes amenazas de que era objeto. Esgrimir navajas a un palmo de la cara del oficial añadía una chispa de excitación a las juergas alcohólicas de los revoltosos.

Los demás hombres honestos eran sometidos al mismo tratamiento. Santos y Watto afilaban sus cuchillos en la piedra de amolar del carpintero noruego, explicándole, mientras lo hacían, que pronto iban a usarlos en su garganta. Watto, el apuesto adolescente, declaró que ya había matado a dieciséis hombres en su vida. Por puro capricho le clavó su cuchillo en el brazo al inofensivo camarero chino. Santos dijo a Candereau, el francés:

—¡Dentro de dos o tres días te mataré!

—¡Mátame ahora mismo! —gritó Candereau con furia.

—Este cuchillo —insistió el matón— hará contigo lo mismo que hizo con el capitán.

No parece que los nueve hombres honrados hicieran intento alguno de conspirar contra los ocho canallas. Como pertenecían a distintas razas y hablaban distintas lenguas, no es de extrañar que no pudieran hacer frente a los revoltosos, armados y unánimes.

Y entonces sucedió uno de esos incidentes que rompen la monotonía de las largas travesías marítimas. Aparecieron en el horizonte las gavias de un barco, y poco después, su casco. Su rumbo era tal, que iba a cruzarse con el Flowery Land, y el oficial pidió permiso para hacerle señales, pues tenía dudas en cuanto a la latitud en que se encontraban.

—Puedes hacerlo —dijo León—. Pero si dices una sola palabra sobre nosotros, eres hombre muerto.

Los del otro buque arriaron velas al comprender que los del Flowery querían hablar con ellos, y ambos veleros se detuvieron, balanceándose sobre las olas del Atlántico, a unos cien metros uno del otro.

—Somos el Friend, de Liverpool —gritó un oficial—. ¿Quiénes sois vosotros?

—Somos el Louisa. Salimos de Dieppe hace siete días y vamos a Valparaíso —replicó el desventurado oficial, repitiendo lo que los amotinados le habían cuchicheado. Preguntó la longitud, se la dijeron, y los dos barcos se separaron.

Con ojos anhelantes, el pobre hombre contempló la ordenada cubierta del barco de Liverpool y a su respetado oficial, mientras éste a su vez observaba con sorpresa los signos de desorden en el aparejo del Flowery Land que habrían llamado la atención de cualquier marinero. Pero pronto el buque había desaparecido por el horizonte, y una hora después del encuentro, el barco culpable estaba nuevamente solo en el vasto círculo del océano.

El encuentro estuvo a punto de costarle la vida al oficial, pues León necesitó toda su influencia para convencer a los otros marineros, ignorantes y desconfiados, de que no habían sido traicionados. Pero le esperaba todavía una prueba aún más peligrosa. Evidentemente, se daba perfecta cuenta de que cuando hubieran desembarcado, los amotinados ya no le necesitarían, y entonces lo más probable era que le silenciasen para siempre. Lo que para ellos era la meta, para él era la sentencia de muerte. Cada día que pasaba le acercaba un poco más a esa inevitable crisis, hasta que finalmente, en la noche del 2 de octubre el vigía anunció que había visto tierra. El buque puso rumbo a ella, y por la mañana, la costa de Suramérica se divisaba en el extremo occidental del horizonte. Cuando el oficial subió a cubierta, encontró a los amotinados reunidos en cónclave junto a la escotilla de proa, y sus miradas y gestos bastaron para indicarle que era su propio destino el objeto del debate.

León, una vez más, era partidario de salvarle la vida.

—Si queréis matar al carpintero y al oficial, podéis hacerlo; yo no lo voy a hacer —dijo.

Reinaba una marcada divergencia de opiniones sobre ese punto, y el pobre y desamparado oficial esperaba como una oveja junto a una asamblea de carniceros.

—¿Qué van a hacer de mí? —le preguntó a León, pero no recibió respuesta —. ¿Me van a matar? —preguntó a Marsolino.

—Yo no, pero Blanco sí —fue la poco alentadora respuesta.

Sin embargo, los amotinados, por suerte, tenían otras cosas en que pensar. En primer lugar, enrollaron las velas y bajaron las lanchas de salvamento. Al haber sido depuesto de sus funciones el oficial, no había nadie que diera órdenes, de modo que reinaba el caos. Algunos se embarcaron en las lanchas y otros se quedaron en la cubierta del barco. El oficial se encontró en uno de los botes en compañía de Watto, Paul el eslavo, Early el grumete, y el cocinero chino. Remaron unos cien metros alejándose del barco, pero regresaron a él al ser llamados por Blanco y León. Este detalle muestra hasta qué punto los hombres honestos habían abdicado, pues aunque en esa lancha eran cuatro contra uno, cuando los amotinados les llamaron, obedecieron automáticamente. El cocinero chino recibió la orden de subir a cubierta, y a los demás se les permitió permanecer en la lancha, amarrados a la popa del buque. El desventurado camarero se había embarcado en otro bote, pero Duranno le tiró por la borda. Durante un buen rato el infeliz les siguió a nado, suplicándoles que le perdonasen la vida, pero León y Duranno le arrojaban botellas de champán vacías desde la cubierta, hasta que una de ellas, dándole en la cabeza, le hundió. Los mismos hombres se apoderaron de Cassap, el criadito chino, y lo metieron con ellos en la cabina. Candereau, el marinero francés, le oyó gritar:

—¡Matadme rápido, pues! —y ésas fueron las últimas palabras que pronunció en su vida.

Entre tanto, el carpintero había sido llevado a la bodega por los demás amotinados, y se le había ordenado que barrenase el barco. Hizo cuatro agujeros en la proa y otros cuatro en la popa, y el agua empezó a entrar. La tripulación restante saltó a las lanchas, una pequeña y una grande, esta última remolcada por la primera. Tan ignorantes e imprudentes eran que permanecían junto al barco mientras éste iba hundiéndose, y no hay duda de que se habrían ido a pique con él si el oficial no les hubiera suplicado que se alejaran. El cocinero chino había sido dejado a bordo, y había trepado al mástil, de modo que su figura gesticulante fue casi lo último que se vio del malhadado Flowery Land mientras las olas se cerraban sobre él. Después de lo cual las lanchas, atiborradas de los frutos del saqueo, avanzaron lentamente hacia la costa.

Eran las cuatro de la tarde del día 4 de octubre cuando los botes alcanzaron las playas suramericanas. El lugar donde desembarcaron era de lo más inhóspito, de modo que avanzaron tierra adentro, caminando con el paso oscilante de los marineros en tierra, con sus fardos a la espalda. Habían convenido en explicar que eran la tripulación de un barco americano que hacía la travesía de Perú a Burdeos y que había naufragado. Según esa versión, el buque se había ido a pique a cien millas de la costa, y el capitán y los oficiales estaban en otra lancha, que había tomado un rumbo distinto del suyo. Habían pasado cinco días con sus noches en el mar.

Al anochecer llegaron a la estancia de un solitario granjero al que contaron el cuento, y que les acogió con generosa hospitalidad. Al día siguiente, les condujo a la ciudad más próxima, llamada Roche. Esa noche, Candereau y el oficial tuvieron la oportunidad de escapar y la aprovecharon. Antes de que hubieran transcurrido veinticuatro horas, habían relatado a las autoridades la verdadera historia de los acontecimientos, y los amotinados estaban en manos de la policía.

De los veinte hombres que habían zarpado de Londres en el Flowery Land, seis habían muerto de muerte violenta. Quedaban catorce, de los cuales ocho eran amotinados, y seis iban a declarar en contra de ellos. No puede concebirse demostración más imponente de hasta qué punto la justicia británica tiene el brazo largo y la mano de hierro, que el hecho de que esta tripulación tan variopinta, formada por un eslavo, un negro, varios hombres de Manila, un noruego, un turco y un francés, recogidos en la lejana costa de Argentina, se encontrara reunida en el Tribunal Central de lo Penal en pleno corazón de Londres.

El juicio suscitó un enorme interés debido a lo singular de la tripulación y a la monstruosidad de sus crímenes. La muerte de los oficiales no contribuyó tanto a provocar el rechazo del público y a influir al jurado como el cínico asesinato del inofensivo criado chino. La mayor dificultad estribaba en repartir la culpa entre tantos hombres, dilucidando cuáles de entre ellos se habían mostrado realmente activos en la efusión de sangre. Taffir, el oficial; Early, el grumete; Candereau, el francés, y Anderson, el carpintero, todos declararon, algunos acusando a uno de los amotinados, otros a otro. Tras un meticuloso proceso, cinco de ellos, León, Blanco, Watto, Duranno y López, fueron condenados a muerte. Todos ellos eran hombres de Manila, con excepción de Watto, que procedía del levante. El mayor de los acusados tenía sólo veinticinco años. Escucharon la sentencia con la mayor frialdad, e inmediatamente antes de que fuera pronunciada León y Watto se rieron a carcajadas porque Duranno había olvidado la declaración que tenía preparada. Uno de los acusados, que había sido condenado solamente a una pena de cárcel, se apresuró a pedir que le diesen las botas de Blanco.

La sentencia fue ejecutada delante de Newgate el día 22 de febrero. Cinco cuerdas se agitaron convulsivamente unos segundos: la tragedia del Flowery Land se había consumado.

El Duelo en Francia

En uno de los innumerables códigos legales que existen en Francia, hay una cláusula cuyo propósito es impedir, o por lo menos regular, la práctica del duelo, según la cual es ilegal batirse en duelo por cualquier causa cuyo valor económico sea inferior a dos peniques y medio. Esta limitación, por más modesta que parezca, era por lo visto demasiado drástica para los gustos de los caballeros a los que debería aplicarse, y en la larga lista de combates singulares del pasado encontramos muchos cuyo origen, si lo evaluáramos, no alcanzaría el elevado importe antes mencionado. La mezcla de numerosas naciones, a cual más fogosa, que componen el pueblo francés —galos, armoricanos, francos, borgoñones, normandos, godos— ha producido una raza dotada al parecer de un espíritu combativo más desarrollado que cualquier otra nación europea. A pesar de las incesantes guerras que forman la historia de Francia, en ningún momento se han interrumpido los combates y venganzas privados, a modo de un largo arroyo sangriento que atraviesa todas las épocas, más estrecho o más ancho según los siglos, y que alcanza a veces las proporciones de una auténtica inundación, como si el país hubiera sido víctima de una repentina epidemia de locura homicida. Acontecimientos recientes han mostrado que esta tendencia nacional no se ha debilitado ni mucho menos, y que lo más probable es que el duelo, cuando haya sido erradicado de todos los demás países europeos, subsista todavía en ese pueblo galante cuya preocupación por el honor les hace a veces descuidar la inteligencia.

No hay duda de que el duelo fue, en su origen, una ceremonia religiosa: es el descendiente directo de esos combates judiciales, en los cuales la Providencia favorecía a la lanza más afilada y la espada más cortante. Para las fieras naciones que vencieron al Imperio Romano, semejante doctrina resultaba muy conveniente, y aunque olvidasen todos los demás preceptos del cristianismo de la época, apoyaban con entusiasmo este dogma que santificaba la fuerza. Los germanos, francos, godos, vándalos, y sobre todo los borgoñones, convirtieron a la Divinidad en un supremo mariscal de campo, que presidía sus combates y dirimía sus disputas. De esos siglos remotos se eleva una algarabía de entrechocar de espadas cuyo estruendo tapa los murmullos de la oración. Entrevemos a hombres que combaten, ataviados de cuero y recubiertos por armaduras, en nombre de causas que ahora nos parecen de menos peso que las hojas que caen de los árboles, pero que para ellos gozaban de extraordinaria importancia. Un tal Ingelgerius, joven galante, conde de Anjou, le corta la cabeza a un tal Gontran, culpable de calumnia, y salva el honor de la condesa de Gastón. O bien el cortés y audaz primo de la reina Gundeberge la limpia de toda mancha, rompiéndole la crisma al mentiroso Adalulfo. En esa época feroz, el duelo tenía un papel que a menudo ha sido denigrado y sin embargo no resulta del todo inútil. En medio del caos, representaba por lo menos una ley, una norma, por mucho que fuese una norma irracional y caprichosa. Está claro por lo menos que ninguna dama injuriada se quedaba sin vengar por falta de paladín. Más bien es probable que muchos paladines echaran de menos una dama a la que vengar.

Gradualmente, a medida que se desarrollaba la caballería, imponiendo su código y su mentalidad a las clases altas, el combate singular por motivos de honor se añadió al duelo judicial. Durante siglos, coexistieron ambos. Los jóvenes caballeros ingleses, con un parche en el ojo y espoleando su caballo, surgen de entre las filas del ejército e intercambian estocadas con jinetes franceses tan fanáticos como ellos. El escocés Seaton cabalga hasta las mismas puertas de París, y cumpliendo un voto, ataca como un rayo y golpea durante media hora a todos los caballeros franceses que se le ponen a tiro, hecho lo cual se retira al fin con un cortés «Gracias, caballeros; muchas gracias». Treinta ingleses se encuentran con treinta bretones en Ploermel; los bretones les zurran de lo lindo. Otros siete ingleses no tienen mejor suerte en Montendre. En todas partes, tanto en la contienda pública como en las riñas privadas, reina el mismo ambiente de desafío y de aceptación del combate.

Las crónicas de las luchas entre caballeros no nos dejan olvidar, sin embargo, los combates judiciales. El célebre y dramático enfrentamiento entre Montargis y el sabueso tuvo lugar cuando el siglo catorce llegaba a su fin. Pero todavía en el año 1547 se solventaba un proceso por combate judicial. Nos referimos al famoso caso de Chasteneraye y Jarnac, que es uno de los últimos episodios de esta serie, y también uno de los más conocidos.

Chasteneraye y Jarnac, ambos pares de Francia, riñeron a propósito de la virtud de la suegra de este último. El rey se interesó personalmente por el asunto, y finalmente se acordó que la cuestión sería dirimida por las armas. Resultaba que Chasteneraye era uno de los primeros espadachines de Francia, de modo que Jarnac agotó su ingenio buscando algún arma extraña y poco conocida a fin de reducir su desventaja respecto a su rival. Los nombres de treinta armas de esas características fueron anotados y sometidos a los jueces, los cuales sin embargo, con gran desesperación por parte de Jarnac, las rechazaron todas, imponiendo en su lugar el uso de la espada. Jarnac, apuradísimo, recurrió entonces a un viejo y experimentado espadachín italiano. Éste le ordenó que fuera valiente, y le confió un truco de esgrima que él mismo había inventado y que nunca hasta entonces le había enseñado a ningún mortal.

Pertrechado con esta horrenda astucia, Jarnac hizo su aparición en el escenario del duelo, donde, en presencia del rey, Enrique II, y de todos los altos oficiales del reino, los dos litigantes se colocaron cara a cara. Chasteneraye, confiando en sus habilidades, estaba acosando al menos experto Jarnac, cuando súbitamente este último provocó la estupefacción de los espectadores con una maniobra nunca vista, que sesgó el tendón de la pierna izquierda de su enemigo. Un instante más tarde, gracias a una repetición del mismo gesto, hizo lo propio con la pierna derecha, y el infeliz Chasteneraye se derrumbó, desjarretado. Aun en semejante situación, de rodillas, continuó atacando a su rival, y consiguió proseguir el combate. Jarnac, sin embargo, pronto le pudo arrebatar la espada, dejándole completamente a su merced. El astuto Jarnac estaba dispuesto, contraviniendo las costumbres de la época, a perdonarle la vida; pero la humillación era excesiva para su antagonista, que derrotado y mutilado, no quiso que nadie le ayudara, y se dejó desangrar hasta morir. Como recordatorio de este combate, se habla todavía, en los duelos a espada, del coup de Jarnac.

Pero lo que hoy entendemos por duelo parece haber sido un invento italiano. Durante los cincuenta años anteriores al reinado de Francisco I, las tropas francesas habían estado acuarteladas sin interrupción en Italia. Al regresar a su país de origen, llevaron consigo muchas de las características menos admirables de los italianos. Eso explica que estallara en Francia, a principios del siglo XVI, una verdadera epidemia de asesinatos y matanzas. La vida de Duprat, barón de Vitaux, puede tomarse como ejemplo de la de muchos otros jóvenes matones de noble cuna del mismo período. Este curioso personaje fue calificado por Brantóme de «modelo de los franceses», de modo que el estudio de sus peripecias nos ofrece una interesante oportunidad de conocer el tipo de hombre que se ganó el aplauso del populacho a finales de la Edad Media. Cuando aún no había cumplido los veinte, mató al joven barón de Soupez, quien ciertamente le había provocado: le había golpeado la cabeza con un candelabro. Su siguiente hazaña fue el homicidio de un tal Gounelieu, con cuya familia tenía la suya una vieja disputa. Por esta acción, fue desterrado; pero al cabo de muy poco tiempo regresó, y ayudado por dos cómplices asaltó al barón de Mittaud y lo despedazó en plena calle, en París. El favorito del rey, Guart, se atrevió a oponerse a la petición de que Duprat, tras semejantes hazañas, fuera perdonado. En castigo a tamaña ofensa, Guart fue atacado en su propia casa y asesinado por el joven bandido. Este crimen resultó, sin embargo, ser el último de su corta pero accidentada vida, pues poco después el hermano de una de sus víctimas acabó con él. «Era un hombre exquisito —dice Brantôme—, aunque hay quien dice que no mataba bien a sus víctimas». (Il ne tuait pas bien ses gens.) La carrera de este bellaco marca el período de transición, cuando los combates caballerescos, con sus bien establecidas normas, habían desaparecido, mientras que el duelo, con sus rigurosas normas, no había nacido todavía.

A finales del siglo XVI, sin embargo, bajo el reinado de Enrique III, el duelo empezó a someterse a un código bien definido. La imprudente costumbre de que los padrinos participaran también en los duelos, en ayuda de los caballeros a los que apadrinaban, procedía de Italia; gracias a ella, el combate individual desembocaba a veces en una verdadera batalla. La contienda entre Caylus y D'Entragues, dos conocidos cortesanos, ha sido narrada con cierto detalle por los cronistas. D'Estragues llevaba dos padrinos, Riberac y Schomberg; a Caylus lo acompañaban otros dos, Maugerin y Livaret.

—¿No sería una buena idea que reconciliásemos a estos caballeros en vez de permitir que se mataran el uno al otro? —le dice Riberac a Maugerin.

—Señor —replica el aludido—, no he venido aquí a hacer encaje de bolillos, sino a luchar.

—¿Y con quién, si puede saberse? —pregunta Riberac.

—Con usted precisamente.

Sin más preámbulo se abalanzaron uno sobre otro y se molieron a golpes. Schomberg y Livaret entre tanto habían llegado también a las manos, de resultas de lo cual el primero había muerto y el segundo estaba herido en la cara. Caylus, por su parte, había sido mortalmente herido, y su adversario había recibido una estocada. Así pues, este único duelo provocó la muerte inmediata de cuatro hombres, mientras que los otros dos quedaron tullidos. A los duelos franceses de esa época se les puede acusar de cualquier cosa, excepto de no ir en serio.

Bajo Enrique IV, los duelos alcanzaron su punto álgido. Se ha calculado que durante dicho reinado no menos de cuatro mil nobles murieron como consecuencia de esa moda. Chavalier relata que sólo en la región del Limousin, en el espacio de siete meses, murieron de esta forma ciento veinte personas. La mínima diferencia de opinión se dirimía apelando a las armas. En ninguna época habría sido más certera la observación de Montesquieu: que si tres franceses fuesen abandonados en el desierto libio, dos de ellos se enfrentarían instantáneamente en duelo, y el tercero sería el padrino.

A veces se hacía un uso bastante peculiar del derecho que tiene el desafiado a elegir el arma del combate y definir las condiciones en las que debería desarrollarse. Por ejemplo, se cuenta que un hombre de muy baja estatura insistió en que su adversario, un gigante, llevara una especie de alzacuellos con púas, de modo que al no poder bajar la cabeza, fuera incapaz de vigilar los movimientos de su diminuto enemigo. Otro duelista insistió en el uso de una coraza con un minúsculo agujero a la altura del corazón, pues él era especialmente experto en la estocada correspondiente. Semejantes condiciones pueden parecer injustas, pero por lo menos daban ventaja al desafiado, de modo que los pendencieros se lo pensaban dos veces antes de desafiar a alguien.

De vez en cuando aparecía algún hombre lo bastante valiente como para atreverse a rehusar un duelo. El señor de Reuly, un joven oficial del ejército, justificó su rechazo apelando a la ley de Dios y de los hombres. Pero su adversario, convencido de que no era más que un cobarde, le esperó en la calle, acompañado de un amigo, y se abalanzó sobre él. Pues bien, el joven oficial les ensartó a los dos con su espada, reivindicando de ese modo su derecho a que le dejaran en paz.

Lord Herbert de Cherbury, nuestro embajador en la corte de Luis XIII, era un célebre duelista, y ha dejado constancia de algunos interesantes ejemplos que muestran el favor de que gozaba esta práctica en la sociedad francesa.

«Estaba todo preparado para el baile —escribe—, y cada uno ocupaba su lugar. Yo mismo me hallaba junto a la reina, esperando a que llegaran los invitados. Uno de ellos llamó a la puerta con golpes más fuertes de lo que corresponde, o eso me pareció, a una persona bien educada. Cuando entró, recuerdo que corrió un murmullo entre las damas, que cuchicheaban: C'est monsieur Balaguy. Entonces observé que tanto ellas como los caballeros, uno tras otro, le invitaban a sentarse a su lado; es más, cuando una dama gozaba de su compañía durante cierto tiempo, otra dama la interpelaba, diciendo: "Ya le habéis disfrutado lo bastante, ahora me toca a mí". Esa extrema cortesía me tenía profundamente asombrado; y lo que aumentaba mi asombro era que el hombre en cuestión no era especialmente apuesto. Tenía el pelo muy corto y ya canoso; llevaba un jubón de vulgar arpillera, y calzones de una tela gris de lo más basto. Al preguntar a algunos de los presentes quién era, me dijeron que se trataba de uno de los hombres más galantes del mundo, pues había matado a ocho o nueve hombres en un solo combate. Era ése el motivo de que las damas hicieran tantos aspavientos, pues es costumbre de todas las francesas el mostrar su aprecio por los hombres galantes, como si pensaran que son los únicos a los que pueden festejar sin peligro para su honor». Un poco más tarde, encontramos al mismo lord Herbert intentando entablar un duelo con el citado Balaguy, pero sin el éxito que sus esfuerzos merecían. Sin embargo, su descripción del sombrío duelista pavoneándose entre los alegres vestidos del salón de baile es una imagen que se nos queda grabada en la memoria.

A la misma época pertenece De Boutteville, famoso por sus innumerables duelos y sus interminables bigotes.

—¿Todavía pensáis en la vida? —le preguntó el obispo de Nantes, mientras subía al patíbulo, que tan merecido se tenía.

—Sólo pienso en mis bigotes, los más gallardos de Francia —respondió el matón.

Luis XIV intentó, con cierto éxito, refrenar el pernicioso hábito. Para llevar a cabo sus ambiciosos proyectos, necesitaba derramar la sangre de sus súbditos, y lamentaba como un derroche cualquier vida sacrificada en el combate privado, perdida por lo tanto para las batallas públicas. De hecho, durante su largo reinado anduvieron tan ocupados los estoques de su noblesse, defendiendo las fronteras, que hasta los más pendencieros de entre los aristócratas vieron sin duda más que satisfecha su afición a la pelea.

Sin embargo, a pesar de los edictos y de las penas, nos encontramos con que el duelo apenas si remitió. Hasta el pacífico La Fontaine desafía a un capitán de dragones porque visita a su mujer con demasiada frecuencia, y luego, arrepintiéndose, pretende entablar otro duelo con él porque se niega a visitarla. Bajo el mismo reinado, el galante marqués de Rivard, un hombre con una sola pierna, al ser desafiado por un tal Madaillon, le envió un maletín lleno de instrumentos quirúrgicos, indicándole que estaba dispuesto a batirse con él tan pronto como estuvieran en igualdad de condiciones.

Durante el libertino reinado de Luis XV, los duelos florecieron con más brío que nunca. En el mismísimo recinto del palacio, o a mediodía en el muelle de las Fullerías, se desarrollaban fatales combates. Los financieros usurparon los venerables privilegios de la noblesse, y el escocés Law, famoso en el Mississippi, era tan hábil con las armas como con los números. El duque de Richelieu, Du Vighan, Saint-Évremont y Saint-Foix figuran entre los más notorios duelistas de la época. La truculencia de este último no era incompatible con el sentido del humor. En cierta ocasión, fue desafiado por un caballero al que había preguntado por qué olía tan rematadamente mal. Saint-Foix, en contra de su costumbre, rechazó el duelo:

—Si me mataráis, no por eso oleríais mejor —explicó—, mientras que si os matara yo a vos, oleríais peor que nunca.

El breve y desastroso reinado de Luix XVI produjo por lo menos dos duelistas notables, el caballero D'Eon, que llevaba enaguas, y el mulato Saint-George. El longevo D'Eon murió en Londres en 1810; aunque no había duda respecto a su verdadero sexo, nunca se halló una razón convincente para explicar el capricho que le hizo vestirse durante casi un cuarto de siglo con ropa de mujer. El negro Saint-George fue el mejor duelista de su tiempo, tanto a espada como a pistola, y confirmó su reputación en numerosos combates. A pesar de su fama, se dice que era un hombre muy inofensivo, que hacía todo lo posible para evitar las riñas.

De esta época data también un desafío que ha pasado a la historia por su carácter masivo. Fue su autor el marqués de Tenteniac: cuando le reprendieron porque al sentarse entre bastidores, se había colocado demasiado cerca del escenario, se consideró insultado por el público.

—Señoras y señores —dijo—, con su permiso, mañana se representará una obrita titulada La insolencia de la platea, castigada, en tantos actos como ustedes deseen, de la que es autor el marqués de Tenteniac.

La pacífica platea hizo caso omiso del desafío del aristócrata.

Las terribles guerras de Napoleón eliminaron los duelos por un tiempo, pero bajo la Restauración la costumbre resurgió con renovada energía. Entre las disputas sociales, el odio político entre bonapartistas y legitimistas, y la contienda internacional entre los franceses y las tropas que ocupaban Francia, nunca hubo un campo tan abonado para los pendencieros. Por una parte, los viejos oficiales de Napoleón, frenéticos al ver a los oficiales del Ejército aliado en su propia capital, intentaban vengar su derrota en el campo de batalla con proezas en el Bois de Boulogne. Por otra, los jóvenes cortesanos que rodeaban a los Borbones estaban dispuestos a replicar con estocadas y con balas al reproche de que por mantener una dinastía habían sacrificado su país.

El conde Gronow en sus interesantes memorias pinta un vivo cuadro del París de la época. Los duelos internacionales eran cosa de cada día, y en general los ganaba el contendiente francés, pues los franceses eran más hábiles en el uso de las armas. Odiaban con especial ferocidad a los prusianos, y no era nada raro que, prescindiendo de las formalidades del duelo, un grupo de oficiales franceses se presentara en el Café Foy, junto al Palacio Real, que era el lugar de cita habitual de los prusianos, con intención de armar una zapastiesta con los parroquianos. En una de esas riñas, perecieron no menos de catorce prusianos y diez franceses. Los ingleses perdieron a muchos jóvenes y prometedores oficiales en esos días en París. Gronow, sin embargo, que conoció personalmente esa época, habla de muchos casos en que los resultados fueron favorables a nuestros compatriotas. En el sur, en Burdeos, donde los franceses cruzaban el río Garona con el expreso propósito de insultar a nuestros oficiales, perdieron a tantos hombres que finalmente renunciaron a esa costumbre. El doctor Millingen, cuya obra sobre el duelo es una mina de información sobre el tema que nos ocupa, vivía en Burdeos en esos días y nos ha dado algunos detalles de esos combates. Los franceses, según esta autoridad, eran con mucho los mejores espadachines, pero los jóvenes ingleses, confiando en su mayor fuerza física, se abalanzaban sobre sus antagonistas con un desdén tal por la técnica del duelo, que no pocas veces conseguían derribar a sus desconcertados adversarios.

Que el duelo goza en Francia de inmensa vitalidad se demuestra por el hecho de que ha conseguido sobrevivir a su adopción por las clases bajas a lo largo de los veinte años siguientes a la batalla de Waterloo. Lo que los edictos de los reyes no habían conseguido abolir, corría el riesgo de morir de puro ridículo cuando los tenderos dieron en desafiarse unos a otros, y el bañero le enviaba un cartel de desafío al calderero por haberle vendido una estufa en mal estado. Por cierto, que esos combates plebeyos eran a veces tan serios como los de los guerreros y hombres de Estado. En Douai, un orfebre y un pañero se mataron uno a otro en un combate con sables. Todas las disputas, cualquiera que fuese su motivo, terminaban dirimiéndose por el mismo absurdo procedimiento. Se habla de críticos literarios que se dispararon cuatro tiros para determinar los méritos comparativos de la escuela clásica y la romántica. Dumas desafía a Gaillardet, el autor teatral, e intentando decidir la autoría de un drama, se arriesga a ser actor en otro. Finalmente, en Burdeos, tenemos el caso de un capitán de dragones que se bate en duelo con un trapero, y se escapa por los pelos de que le linchen los enfurecidos judíos.

El célebre enfrentamiento entre el señor Dulong y el general Bugeaud merece tomarse como irrefutable ejemplo de la brutalidad y la estupidez inherentes a todo duelo. Dulong era un pacífico abogado y diputado en el Congreso; Bugeaud, un soldado, famoso por su habilidad con la pistola. Dulong, en su calidad de miembro del cuerpo legislativo, se atreve a formular en el Congreso algunas críticas, y es instantáneamente desafiado por el fierabrás. En vano protesta Dulong, asegurando que no era su intención hacer alusiones personales. Debe aceptar el desafío o convertirse en un paria. Lo acepta pues, y el experto soldado mata a su adversario civil sin darle tiempo a descargar su arma. Semejante resultado nos deja frente a la misma dificultad que tuvo el matemático de la universidad de Oxford al leer el Paraíso perdido de Milton. Por más que nos preguntemos qué demuestra ese certero disparo, y en qué afecta a la disputa que lo provocó, no disiparemos el misterio.

Un inglés difícilmente puede censurar a otros países cuando se habla de los duelos del pasado, pues sus propias crónicas se ven manchadas, con demasiada frecuencia, por combates no menos desesperados que cualquiera de los que tenían lugar del otro lado del canal de la Mancha. Pero por fin ha llegado el momento en que el duelo resulta tan anacrónico en nuestro propio país, y en los Estados consolidados de la Unión, como la tortura judicial o la quema de brujas. Sólo cuando pueda decirse lo mismo de Francia, tendrá derecho este país a considerarse en pie de igualdad con las naciones anglosajonas en lo que a civilización se refiere.

Una Nueva Luz Sobre los Viejos Crímenes

La ciencia psíquica, aunque todavía está en pañales, ha alcanzado ya un punto que nos permite hallar la clave de muchos de los acontecimientos que en el pasado se habían considerado incomprensibles. Ahora podemos clasificarlos e incluso explicarlos, en la medida en que es posible una explicación definitiva de cualquier cosa. Sería interesante, por lo tanto, pasar revista a algunos de esos casos de los que queda constancia en los archivos de nuestros tribunales, y que en el pasado fueron calificados de coincidencias extraordinarias o intervenciones de la Providencia. Esta última frase puede ser muy bien que indique una realidad, pero la gente debe saber que no se conoce ninguna intervención de la Providencia que no se haya manifestado a través de una ley natural, y que cuando ha parecido inexplicable y milagrosa eso sólo se debe a que la ley no ha sido comprendida todavía. Todo milagro obedece a una ley exacta; es la ley, como todas las leyes naturales, lo que es en sí misma divina y milagrosa.

Al hacer el recuento de los casos que queremos presentar —cosa que nos veremos obligados a hacer del modo más sucinto— procederemos de lo más sencillo a lo más complejo. Empezaremos pues por aquellos fenómenos que pueden haberse debido a los poderes naturales, aunque indefinidos, del subconsciente, y luego iremos recorriendo toda la gama de clarividencia y telepatía, hasta llegar a lo que parece, sin lugar a dudas, influido por el espíritu de los muertos.

Hay un caso, el de Owen Parfitt, residente en Shepton Mallet, en el condado de Somersetshire, que puede servirnos de punto de partida, pues resulta realmente imposible decir si fue o no un fenómeno psíquico; pero si no lo fue, constituye uno de los más intrigantes misterios que jamás aparecieron ante el público británico.

Ese hombre era un marinero, una especie de John Silver, que vivía en la época dorada de la piratería, el siglo XVIII. Finalmente, hacia el año 1760, se instaló, invirtiendo unas ganancias que todo el mundo sospechaba ser de origen ilegal, en una cómoda casita a las afueras de la pequeña ciudad de

Somerset. Su hermana le hacía de ama de llaves, pero sus propios achaques le impedían atender al viejo y reumático marinero, de modo que una vecina llamada Susanna Snook solía ir a la casa cada día para cuidarle. Se sabía que Parfitt iba periódicamente a Bristol y regresaba con dinero, pero nadie sabía cómo lo obtenía. Por lo visto, era un viejo retorcido y muy aficionado a los secretos, al que se asociaban muchas historias extrañas de increíbles aventuras, relacionadas algunas de ellas con la costa oeste de África, y posiblemente con el tráfico de esclavos. Con el tiempo, sin embargo, el reumatismo de Parfitt se agravó. Ya no podía pasear más que por su jardín, y de hecho, rara vez abandonaba el gran sillón donde le instalaba cada día la servicial Susanna Snook, en el mismo porche de la casita.

Hasta que una mañana de primavera, la del día 6 de junio de 1768, ocurrió algo extraordinario. Había sido colocado como de costumbre, con un chal por los hombros, en el porche, mientras Susanna, que era muy trabajadora, iba a buscar algo a su propia casa, muy próxima a la de Parffit. Cuando volvió, cuál no sería su sorpresa al comprobar que el viejo marinero había desaparecido. Su hermana se retorcía las manos, desconcertada, con la vista fija en el chal, que estaba depositado en la silla; pero del viejo réprobo no se han vuelto a tener noticias nunca más desde aquel día. Hay que subrayar que era prácticamente incapaz de andar y que pesaba demasiado para que se le pudiera transportar fácilmente.

Enseguida se dio la alarma. La siega del heno estaba en su apogeo; por doquier había jornaleros, que estaban seguros de que aun en el caso de que el viejo hubiera podido escapar, no les podía haber pasado desapercibido. Se emprendió su búsqueda, pero una súbita y violenta tormenta de lluvia y relámpagos obligó a interrumpirla. A pesar del mal tiempo, hubo una alarma general de veinticuatro horas, que no sirvió para descubrir la menor huella del desaparecido. Su desagradable carácter, algunas reminiscencias de los obeah africanos y del culto vudú, y la súbita tormenta, se combinaron para convencer a los habitantes de Somerset de que el diablo se había llevado de un zarpazo al viejo marinero; y desde entonces, ninguna explicación natural ha arrojado sobre el asunto una luz que lo haga más comprensible.

Por un momento, pareció que iba a disiparse el misterio, cuando en el año 1813 se descubrieron huesos humanos en el jardín de un tal Lockyer, un viudo que vivía a menos de doscientos metros de la casita del viejo. Se inició una investigación, en la que declaró Susanna Snook, que todavía vivía; pero cuando empezaba a abrirse paso la hipótesis de que alguien había engatusado al viejo para que fuera a casa del vecino, y le había asesinado, un cirujano de Bristol puso punto final al asunto afirmando categóricamente que los huesos pertenecían a una mujer. Y hasta el día de hoy no ha habido más novedades en este asunto.

No puede aceptarse ninguna explicación psíquica en ningún caso, hasta que se hayan agotado todas las soluciones razonables y normales. Es posible que esas visitas a Bristol tuvieran algo que ver con un soborno, y que algún malhechor oculto encontrase la manera de silenciar esa peligrosa lengua. Pero ¿cómo lo hizo? Es un caso fronterizo, anormal, y en resumidas cuentas insoluble, y ahí debemos dejarlo.

Pasando ahora a un ejemplo más definido, tomemos el asesinato de Maria Marten, que durante mucho tiempo fue uno de los temas de conversación favoritos en las ferias de los pueblos, bajo el nombre de «El misterio del establo rojo». Maria Marten fue asesinada en el año 1827 por un joven granjero llamado Corder, que iba a casarse con ella pero no lo hizo, prefiriendo, en vez de eso, matarla para ocultar el resultado de su ilícita unión. Su ingenioso método consistió en anunciar que estaban a punto de casarse. Poco antes de la supuesta boda le pegó un tiro y enterró el cadáver. Después desapareció del lugar, e hizo correr el rumor de que se habían casado en secreto y estaban viviendo juntos en algún lugar remoto.

El asesinato se produjo el 18 de mayo de 1827, y durante algún tiempo todo salió a pedir de boca; el hecho que contribuyó a ocultar el crimen fue que Corder había dejado instrucciones de que se llenara el establo de ganado. El muy granuja envió a su casa algunas cartas, que afirmaba escribir desde la isla de Wight, explicando que Maria y él estaban viviendo juntos y eran muy felices. Suscitó algunas sospechas el hecho de que los matasellos de esas cartas fuesen todos de Londres, pero con todo, el asunto no habría ido más lejos si no hubiera sido por la influencia de cierta oscura ley natural cuya intervención ciertamente no figuraba en los planes del señor Corder.

La señora Marten, la madre de la chica, soñó, durante tres noches consecutivas, que su hija había sido asesinada. El hecho en sí no demostraba nada, pues podía pensarse que no hacía más que reflejar su desconfianza y sus vagos temores. Los sueños, sin embargo, eran de una sorprendente precisión. En ellos se le aparecía el establo rojo, e incluso el lugar preciso donde habían sido enterrados los restos. Este último detalle es de gran importancia, pues descarta la idea de que el sueño fuera provocado simplemente por haberle dicho la hija a la madre que tenía una cita en el establo. Los sueños se produjeron en el mes de marzo de 1828, diez meses después del crimen, pero no fue hasta mediados de abril cuando la mujer consiguió convencer a su marido de que tomara medidas acordes con sus sospechas. Por último, ella venció los comprensibles escrúpulos de él, y obtuvieron permiso para examinar el establo, sacando de él a los animales. La mujer señaló el lugar y el marido cavó. Inmediatamente salió a la luz un jirón de chal, y dieciocho centímetros más abajo apareció el cadáver, ante lo cual el horrorizado investigador salió corriendo, temblando de pies a cabeza, del malhadado cobertizo. El vestido, los dientes, y otros pequeños detalles bastaron para confirmar la identidad del cuerpo.

El culpable fue detenido en Londres, donde entre tanto se había convertido, por matrimonio, en dueño de una escuela femenina, y en el momento de su detención, estaba muy ocupado contando los minutos de ebullición de unos huevos para el desayuno. Construyó una ingeniosa defensa, por la cual intentó demostrar que la chica se había suicidado, pero no había ninguna duda de que se trataba de un asesinato a sangre fría, pues al reunirse con ella en el establo, no sólo había llevado consigo pistolas, sino también un pico. Así lo vio el jurado, y en consecuencia, el malhechor subió al patíbulo. Aunque de mala gana, terminó, antes de la ejecución, por confesar su culpa. Como dato curioso, puede consignarse el hecho de que la maestra de escuela londinense, con la que había conseguido casarse mediante un capcioso anuncio en el que se describía a sí mismo como «un caballero de carácter apacible», le apoyó hasta el final, dando muestras de gran abnegación.

Pues bien, he aquí un caso sobre el cual no puede albergarse la menor duda. Es indiscutible que el asesinato se descubrió por medio del triple sueño, para el cual no puede ofrecerse explicación natural alguna. Quedan dos explicaciones de tipo psíquico. La primera se basa en la telepatía, o lectura del pensamiento, un fenómeno que naturalmente, existe, como puede demostrar cualquiera que haga la prueba, pero que ha sido exagerado por aquellos que prefieren cualquier explicación antes que admitir la existencia de inteligencias incorpóreas. Entra, claro está, dentro de lo remotamente posible el que el asesino pensara en la madre de la chica durante tres noches consecutivas, y recordara al mismo tiempo el escenario del crimen, conectando así la visión del lugar con el cerebro de la mujer. Si cualquier estudioso del caso considera que ésta es la explicación más probable, tiene todo el derecho a darla por buena.

Por otra parte, hay muchas pruebas de que los sueños, y especialmente los que se tienen temprano por la mañana, justo antes de despertarse, contienen a veces una información que parece proceder de otras inteligencias que las nuestras. Tomando en consideración todos los datos, soy de la opinión de que el espíritu de la muerta se puso en contacto con la mente de la madre, y le transmitió la verdadera historia de su infeliz destino. Hay que recordar, no obstante, que incluso quienes proponen explicar semejante caso por la telepatía están postulando un poder que había sido totalmente ignorado por la ciencia hasta nuestra generación, y que representa una gran extensión de nuestro conocimiento psíquico. No debemos, sin embargo, permitir que este descubrimiento bloquee nuestro camino hacia los avances, aún más importantes, que nos esperan.

Vamos a tomar ahora, para comparar, otro caso relacionado con los sueños, que es perfectamente auténtico. El día 8 de febrero de 1840, Edmund Norway, el primer oficial del buque Orient, que se hallaba en esos momentos cerca de Santa Elena, tuvo un sueño, entre las diez de la noche y las cuatro de la madrugada, en el que vio cómo su hermano Nevell, un caballero de Cornualles, era asesinado por dos hombres. Su hermano se le apareció montado a caballo. Uno de sus asaltantes cogió las riendas del caballo y le disparó dos veces con una pistola, pero no se oyó ningún tiro. Entonces, él y su cómplice le golpearon repetidamente, y le arrastraron a un lado del camino, donde abandonaron su cuerpo. Se trataba de un camino situado en Cornualles y que Edmund conocía bien, aunque la casa que en la realidad estaba situada a la derecha, aparecía a la izquierda en la imagen visual. A la mañana siguiente Edmund anotó el sueño, y lo refirió a los demás oficiales del barco.

El asesinato se había producido realmente, y los asesinos, dos hermanos apellidados Lighfoot, fueron ejecutados el 13 de abril de ese año, en Bodmin. En su confesión, el hermano mayor dijo:

—Fui a Bodmin el 8 de febrero y me reuní con mi hermano… Mi hermano derribó al señor Norway. Llevaba una pistola y apretó dos veces el gatillo, pero no hubo disparos. Entonces le golpeó con la culata. Era en el camino de Wadebrige. —(Ése era el camino que había aparecido en el sueño.)—. Dejamos el cuerpo al otro lado del camino, en el abrevadero que está a la izquierda, según se va a Wadebridge. Mi hermano lo arrastró hasta allí.

Quedó claro además que el crimen había sido cometido entre las diez y las once de la noche. Como Santa Elena está, más o menos, a la misma longitud que Inglaterra, la hora del sueño pudo haber correspondido exactamente a la del crimen.

Ésos son los hechos, y aunque no sea imposible, no es fácil encontrarles una explicación. Parece ser que Norway, el marino, había estado pensando en su hermano, el que se había quedado en tierra, y le había escrito, justo antes de acostarse en su litera. Eso podría haber facilitado la visión que a continuación tuvo, al haber creado un rapport entre los dos hermanos. Son muchos los indicios que sugieren que mientras dormimos hay cierta parte de nosotros, a la que podemos llamar cuerpo etéreo, o inconsciente, o como se quiera, que es capaz de desasirse de nuestro cuerpo para ir a visitar lugares remotos, si bien la frontera entre el sueño y la vigilia es tan tajante, que sólo muy raramente conserva uno al despertar el recuerdo de la experiencia nocturna. Se comprende fácilmente que la conciencia del marino, orientada hacia su hermano por el hecho de haberle recordado con afecto antes de dormir, fuera rápidamente a buscarle durante el sueño, y el impacto de presenciar su asesinato fue tal, que consiguió transmitirlo a la conciencia del durmiente después de su despertar. En tal caso, el incidente se explicaría como un ejemplo de los poderes normales, pero inexplorados, del organismo humano, y no por una interposición del espíritu del hombre asesinado. Si la visión de este último hubiera aparecido sola, sin la escena que la acompañaba, podría haberse interpretado más bien como una aparición post mortem.

La siguiente ilustración nos la proporciona los anales del crimen en América. En este caso, un hombre llamado Mortensen debía una considerable suma de dinero, tres mil ochocientos dólares, a una empresa, que era representada por su secretario general, el señor Hay. La transacción tuvo lugar en el Estado de Utah, en el año 1901. Mortensen consiguió que Hay fuera a su domicilio particular una noche, y nunca más se tuvieron noticias del pobre hombre. La versión de Mortensen fue que le pagó el dinero en monedas de oro, y que Hay, después de darle un recibo, se puso en camino hacia su casa, llevando el oro en jarras de cristal. Cuando la policía visitó la casa de Mortensen por la mañana, les acompañaba el suegro de Hay, un anciano mormón llamado Sharp, que preguntó:

—¿Dónde vio usted por última vez a mi yerno?

—Aquí —contestó Mortensen, señalando un lugar a la salida de su casa.

—Si éste es el último lugar donde le vio, entonces es este el lugar donde le mató.

—¿Cómo sabe usted que está muerto? —preguntó Mortensen.

—He tenido una visión —replicó Sharp—, y la prueba es que a menos de un kilómetro de este mismo lugar donde está usted ahora, vamos a desenterrar su cuerpo.

El suelo estaba cubierto de nieve por entonces, y a la mañana siguiente, día 18 de diciembre, un vecino observó en ella algunas manchas de sangre, no muy lejos de la casa de Mortensen. Las manchas conducían a un montículo, con la forma de una tumba. El vecino se procuró una pala, pidiéndosela prestada al mismo Mortensen, y rápidamente desenterró el cuerpo de Hay. Tenía una bala en la nuca. Sus objetos de valor habían sido respetados, pero el recibo, que se sabía que había llevado a casa de Mortensen, constituía un móvil suficiente para el asesinato.

Todo este crimen parece haber sido un asunto bastante elemental y hasta rudimentario, y es difícil ver cómo Mortensen podía haber esperado salvarse, a menos que tuviera pensado huir sin demora. No había defensa posible, y el hombre fue condenado y ejecutado de un disparo, pues las leyes de Utah dejan elegir al acusado el modo de ejecución. El único interés del asunto radica en su aspecto psíquico, pues el viejo Sharp volvió a decir en el juicio que había tenido conocimiento de los hechos por una visión. Sin embargo, el caso no es de los más claros, y podemos pensar que fue una fanfarronada del viejo, que se había formado su propia opinión sobre el carácter de su yerno y sus probables acciones. Semejante solución implicaría, no obstante, una casualidad verdaderamente extraordinaria.

El siguiente caso que voy a referir es mucho más convincente; de hecho, es definitivo, pues aporta una prueba indiscutible de acción psíquica, aunque se puede discutir en qué grado. Los hechos parecen fuera de toda duda, si bien existe una ligera confusión en cuanto a la fecha. Según el relato del señor Williams, de Cornualles, protagonista de esta historia, fue a principios del mes de mayo de 1812 cuando tuvo tres veces durante la misma noche un extraño sueño. El señor Williams era un hombre de negocios, superintendente de unas grandes minas en Cornualles. Conocía bien el vestíbulo de la Cámara de los Comunes, adonde sus intereses le habían llevado ocasionalmente. Fue este vestíbulo lo que vio claramente en su sueño. Le llamó la atención un hombre ataviado con una chaqueta color tabaco, con botones metálicos, que merodeaba por el lugar. Poco después hacía su entrada un hombrecillo vivaz con chaqueta azul y chaleco blanco. Cuando éste pasaba por su lado, el primero sacó rápidamente una pistola y le disparó al otro a bocajarro, en pleno pecho. Sin dejar de soñar, el señor Williams supo que la víctima era el señor Perceval, el ministro de Hacienda.

Al señor Williams este sueño le impresionó profundamente e incluso le alarmó, y lo relató no sólo a su mujer sino a varios amigos con los que se encontró al día siguiente en la mina de Godolphin, pidiéndoles su opinión sobre si debía ir a Londres e informar de lo que había sucedido. Como es natural —aunque por desgracia—, sus amigos contestaron que era inútil, y que sólo conseguiría hacer el ridículo.

El día trece, unos diez días después de su sueño, el señor Williams recuerda cómo su hijo, que volvía de Truro, entró corriendo en el salón, gritando:

—¡Padre, padre! ¡Ha ocurrido lo que usted soñó! Le han pegado un tiro al señor Perceval en la Cámara de los Comunes.

El crimen, como todo el mundo sabe, fue cometido por un hombre llamado Bellingham, que se imaginaba haber sido agraviado por el ministro. La indumentaria de ambos protagonistas, y todos los demás detalles, resultaron coincidir exactamente con el sueño.

En un artículo sobre el caso, publicado en The Times dieciséis años más tarde, se decía que la visión databa de la misma noche del crimen, lo cual reduciría el incidente a un ejemplo de clarividencia ordinaria, pero hay pruebas contundentes de que el sueño fue también profético. El señor Williams, relatando su historia por escrito en 1832, cuatro años después del artículo en el The Times, la contó del mismo modo que la hemos recogido nosotros. Su esposa, sus amigos de la mina, su proyecto de viajar a Londres, y su recuerdo de la llegada de su hijo con la noticia, son otros tantos datos que corroboran su versión de los hechos.

El señor Williams era de origen galés o cómico, y por lo tanto tenía una predisposición hacia lo psíquico. Su atareada vida no le permitió desarrollarla; sin embargo, en ciertas ocasiones sus facultades innatas podían manifestarse. El motivo de que esa visión le visitara precisamente a él, es algo que está más allá de nuestra comprensión. ¿Era para que fuese a Londres, como en efecto estuvo a punto de hacer, e intentara desviar el destino? Cuando uno piensa que la imagen del vestíbulo de la Cámara de los Comunes se le apareció a uno de los poquísimos habitantes de Cornualles capaces de reconocer el lugar, es inevitable pensar que la visión no tuvo lugar sin más, sino que obedecía a un propósito definido.

Volvamos ahora nuestra atención a algunos casos cuya naturaleza sobrenatural está aún más clara. El primero que elegiré es el asesinato del sargento Davies, en la región escocesa de los Highlands, en el año 1749. Davies formaba parte de la guarnición que había quedado en el norte tras la derrota de los partidarios del príncipe Carlos, y al igual que muchos de sus camaradas, aliviaba su exilio practicando la caza, una diversión a la que se prestan esas desoladas regiones. El día 28 de septiembre de ese año salió a cazar cerca de Braemar, sin que nadie le acompañara. Los odios suscitados por la reciente guerra se habían extinguido hasta cierto punto, y en cualquier caso el sargento, que era un hombre fuerte y decidido, no temía a nadie. Los hechos demostraron, sin embargo, que su valentía era temeridad, pues nunca regresó de su expedición. Varios grupos salieron a buscarle, pero pasaban los meses y el soldado desaparecido seguía sin dar señales de vida.

Transcurrieron cinco años, y el misterio seguía sin resolverse. Al final de ese período, dos habitantes de los Highlands, Duncan Terig y Alex Bain Macdonald, fueron detenidos, al haberse hallado en su poder la escopeta y otros objetos propiedad del desaparecido. Sin embargo, la acusación contra ellos se basaba principalmente en algunas pruebas que eran de lo más extrañas que se han oído nunca en el tribunal.

Un jornalero llamado Alex Macpherson, de veintiséis años de edad, declaró que una noche del verano de 1750 —esto es, unos nueve meses después de la desaparición del sargento— estaba acostado, despierto, en el establo en el que dormía toda la servidumbre, cuando vio entrar a un hombre vestido de azul, que se acercó a su catre y le rogó que le siguiera. En cuanto salieron del establo la figura se volvió hacia él y dijo:

—Soy el sargento Davies.

Seguidamente la aparición señaló hacia un pantano o marjal que estaba a cierta distancia y dijo:

—Encontraréis mis huesos allí. Id pronto a enterrarlos, pues no consigo tener paz, ni os dejaré vivir en paz tampoco, hasta que mis huesos estén bajo tierra. Podéis pedir ayuda a Donald Farquharson.

Acto seguido se esfumó.

A la mañana siguiente, muy temprano, Macpherson, según su propio relato, se dirigió al lugar indicado, y, obedeciendo las instrucciones que había recibido y que eran muy precisas encontró inmediatamente el cadáver, que todavía llevaba el uniforme azul del regimiento de Guise. Mcpherson lo arrastró fuera del cieno y lo extendió sobre el suelo, pero no lo enterró.

Unas pocas noches más tarde, hallándose en el establo, se le apareció una vez más la visión y le reprochó que no hubiera hecho lo que le había pedido. Macpherson preguntó:

—¿Quién os asesinó?

A lo cual la aparición respondió:

—Duncan Terig y Alex Macdonald. —Y se desvaneció una vez más.

Al día siguiente Macpherson se dirigió a Farquharson y le pidió que fuese con él y le ayudara a enterrar el cuerpo, cosa que el otro aceptó. Así lo hicieron, pues. No le hablaron a nadie del incidente excepto a un solo amigo, John Grewar, quien fue informado de lo sucedido dos días después del entierro.

Ciertamente, esta historia es susceptible de crítica, pues la detención tuvo lugar en 1754, y la supuesta aparición y el entierro en 1750, de modo que es lógico preguntarse por qué no habían dicho nada durante cuatro años. Pero se puede suponer que esos habitantes de los Highlands, de origen celta, estaban en una posición comparable a la de los campesinos irlandeses en una revuelta agraria. Estaban todos unidos contra un enemigo común, y en un caso como éste, era de esperar que no actuasen, excepto bajo presión. Esta presión se produjo cuando los dos sospechosos fueron detenidos, hallándose en su posesión las pertenencias del hombre asesinado, y se procedió a un interrogatorio directo de los habitantes de los alrededores. No pudo demostrarse que existiera enemistad alguna entre Macpherson y los acusados, ni se pudo encontrar ningún motivo que justificara el que Macpherson se hubiera inventado semejante historia.

En el aspecto psíquico, también hay algunas objeciones. Es comprensible que el sargento regresara, como otros en casos similares parecen haber hecho, a fin de identificar a sus asesinos, pero aquí, eso no fue sino un resultado secundario, mientras que el entierro de sus restos parece haber sido su principal objetivo. Los espíritus no se preocupan demasiado por sus cuerpos.

Aun así, los prejuicios terrenales no se borran fácilmente, y el que Davies, descendiente de una familia tradicional, anhelara un entierro decente, no tendría nada de extraño.

Otros detalles corroboraron la extraña historia. En el establo donde Macpherson dormía, había una parte reservada a las mujeres; y una criada, llamada Isabel Machardie, declaró que en la fecha de la segunda aparición, vio «una cosa desnuda entrar por la puerta e ir directamente a la cama de Macpherson», lo cual la asustó tanto, que se cubrió la cabeza con las sábanas. Añadió que en el momento de su aparición, la figura estaba inclinada, y que no pudo ver de qué se trataba. A la mañana siguiente le preguntó a Macpherson qué era lo que les había molestado durante la noche, y él le contestó que estuviera tranquila, pues no volvería a importunarles.

Existe una discrepancia aquí entre la figura ataviada con una chaqueta azul de la primera versión y la «cosa desnuda» de la segunda, pero en cualquier caso está claro que la mujer aseguró haber visto algo alarmante, y que hizo alusión a ello al día siguiente.

Pero Macpherson no hablaba más que gaélico, lo que hizo necesario que su declaración fuera traducida para el tribunal. Lockhart, el abogado de la defensa, preguntó, como es natural, en qué lengua hablaba la aparición, a lo que Macpherson respondió:

—En el más perfecto gaélico que nunca oí en Lochaber.

—No está mal, tratándose del fantasma de un sargento inglés —comentó el abogado.

Esa réplica facilona hizo reír al tribunal, y finalmente provocó la absolución de los acusados, a pesar de las pruebas más tangibles que no eran tan fáciles de descartar. Más tarde, tanto Lockhart como el abogado que colaboraba con él, confesaron que creían que sus clientes eran culpables.

De hecho, Davies había participado en la batalla de Culloden en abril de 1746, y desapareció en septiembre de 1749, de modo que había estado casi tres años y medio en los Highlands. Durante este tiempo, había ido a cazar muchas veces acompañado por nativos del lugar, de modo que es difícil suponer que no fuera capaz de decir unas cuantas frases en la lengua de éstos.

Pero aparte de eso, aunque nuestra información demuestra que el conocimiento debe ser adquirido por esfuerzo personal, y no por milagro alguno, en la vida del más allá, lo que está claro es que puede adquirirse; y si el sargento Davies vio que la única persona en la que encontraría esas raras facultades psíquicas que le permitirían aparecer y comunicarse (pues cualquier manifestación del espíritu debe tener una base material), era un gaélico, en tal caso, no es inconcebible que aprendiese la lengua en los aproximadamente diez meses que transcurrieron hasta su reaparición. Suponiendo que la historia referida por Macpherson sea verdadera, ello no significa forzosamente, en absoluto, que él fuera el médium, pues cualquiera de los que dormían en el establo puede haber suministrado esa indefinible atmósfera que es la primera de las condiciones necesarias. En todos los casos semejantes debe recordarse que dicha atmósfera no se produce fácilmente, y que un espíritu no aparece cuando y como le place, sino cuando y como puede. La ley, la inexorable ley, sigue gobernando cada nueva área que añadimos a nuestros conocimientos, y solamente definiendo y reconociendo las limitaciones que ello implica obtendremos al menos una difusa percepción de las circunstancias de la vida futura y sus relaciones con la vida presente.

Pasamos ahora a un caso en el que la interposición del espíritu parece haber sido demostrada con la mayor claridad imaginable. Es cierto que ello ocurría hace algún tiempo, pero está perfectamente documentado.

En el año 1632 un rico labrador llamado John Walker vivía en el pueblo de Great Lumley, a unos pocos kilómetros al norte de Durham. Una prima suya llamada Anne Walker le hacía de ama de llaves, lo que favoreció entre ellos cierta intimidad, con los resultados que eran de esperar. John Walker tenía mucho miedo al escándalo, y tomó medidas diabólicas para impedirlo. Envió a la muchacha a la ciudad de Chester-le-Street, a casa de una tal señora Carr. A esta matrona, Anne Walker se lo confesó todo, añadiendo que Walker había usado la ominosa frase según la cual «él se ocuparía tanto de ella como de su hijo». Una noche apareció a la puerta de la señora Carr el rostro siniestro de Mark Sharp, un minero de Blackburn, con un mensaje capcioso induciendo a la chica a que le siguiera, en la oscuridad. Nadie la volvió a ver. Walker, a quien se dirigió la señora Carr, le dijo que no se preocupara: que lo mejor, dadas las circunstancias, era que la joven viviese entre forasteros. La anciana tenía sus sospechas, pero no pudo hacer nada, y así iban pasando los días.

Dos semanas más tarde un molinero, llamado James Graham, estaba moliendo maíz en su molino por la noche, a unos pocos kilómetros de allí. Eran más de las doce cuando bajó al suelo del molino tras colocar una nueva carga de maíz en la tolva. Su experiencia exacta, tal como figura en un manuscrito conservado en la Biblioteca Bodleinana de Oxford, fue como sigue:

La puerta del molino estaba cerrada. En el suelo, en pie, estaba una mujer, con el pelo colgándole, lleno de sangre, y cinco grandes heridas en la cabeza. El molinero, muy asombrado, empezó a santiguarse, y finalmente le preguntó quién era y qué quería. Ella contestó:

—Soy el espíritu de Anne Walker, que vivía con John Walker… Prometió enviarme a un lugar en el que estaría bien atendida… y dijo que después podría volver con él y ocuparme otra vez de su casa. Una noche vino a buscarme Mark Sharp, el cual, al llegar al páramo de… —en este punto, ella dio el nombre del lugar— me asesinó con un pico de los que usan los mineros para extraer el carbón, produciéndome estas cinco heridas, y después arrojó mi cadáver a una mina próxima. Escondió el pico bajo un terraplén, y como sus zapatos y medias estaban llenos de sangre intentó lavarlos, pero como la sangre no desaparecía los escondió también.

El espíritu terminó ordenando al molinero que revelase la verdad, amenazándole, si no lo hacía, con aparecérsele nuevamente.

En este caso, como en el que vimos anteriormente, el mensaje no fue divulgado. El horrorizado molinero estaba tan impresionado que no se quedaba nunca solo, pero no cumplió la delicada tarea que le había sido encomendada. A pesar de todas sus precauciones, sin embargo, una noche se encontró a solas, con el resultado de que la visión reapareció instantáneamente, «muy fiera y cruel», según sus propias palabras, e insistió en que hiciera lo que se le había ordenado. Más obstinado que el celta Macpherson, el molinero esperó una tercera aparición, la cual se produjo de una forma tan terrorífica, en su propio jardín, que venció su resistencia.

Así pues, cuatro días antes de Navidad, se dirigió al magistrado más próximo y declaró lo ocurrido. Se inició sin tardanza una investigación, que confirmó lo dicho por el fantasma en todos sus detalles, lo cual, hay que reconocerlo, no ha sido siempre el caso en las informaciones enviadas desde el más allá. El cadáver de la joven, las cinco heridas en la cabeza, el pico, los zapatos y medias manchados de sangre, todo eso fue hallado; y como el cuerpo se encontraba en una profunda mina de carbón, no parece que hubiera medio normal para que el molinero supiera cómo eran las heridas, a menos que las hubiera producido él mismo, lo cual no se corresponde ni con los hechos conocidos, ni con su iniciativa de visitar al magistrado, ni con el relato de la joven Anne Walker a la señora Carr.

Tanto John Walker como Mark Sharp fueron detenidos y juzgados por asesinato en el tribunal de Durham, presidido por el juez Davenport. Se demostró que ninguno de los dos acusados conocía el molinero, excepto de vista, de modo que no podían alegar que tuviese algún móvil personal para hacerles condenar a muerte mediante una falsa declaración. El juicio fue algo extraordinario, pues por lo visto reinaba en él una atmósfera psíquica como no lo ha habido nunca, que se sepa, en cualquier prosaico tribunal británico. El presidente del jurado, un tal señor Fairbairn, hizo una declaración jurada afirmando que vio durante el juicio «la figura de un niño, de pie sobre el hombro de Walker». Esto podría ser descartado —considerándolo como un efecto, sobre una persona muy emotiva, del extraño testimonio que acababa de escuchar—, si no fuera que lo corroboró el mismo juez. En una carta dirigida a un colega suyo, el señor Serjeant Hutton, residente en Goldsborough, reconocía que él mismo había visto también una figura como la descrita por Fairbairn, y que durante todo el proceso, sintió una sensación extrañísima e inquietante que era absolutamente incapaz de explicar. El veredicto afirmó la culpabilidad de los acusados, y ambos hombres fueron debidamente ejecutados.

Vale la pena resaltar quiénes fueron los testigos de ese caso. Estaba el mismo presidente del jurado, el señor Fairbairn, con su declaración jurada; el señor James Smart, el señor William Lumley, residente en Great Lumley, y otros. En conjunto, es difícil imaginar un caso que ofrezca mayores garantías de autenticidad, y personalmente no me cabe la menor duda de que los hechos se desarrollaron tal como consta en la documentación que nos ha llegado. Creo que este caso basta para convencer a cualquier mente libre de prejuicios de la continuidad de la vida individual, y de la permeabilidad de la barrera que nos separa de los muertos.

¿Qué comentario puede hacer la ciencia psíquica a propósito de semejante episodio? En primer lugar, yo diría que el molinero era un médium particularmente poderoso, es decir, que exhalaba esa infrecuente aura que permite a un espíritu volverse visible, del mismo modo que un meteorito se vuelve visible cuando cruza la atmósfera de la Tierra. Se trata, repito, de una cualidad infrecuente, y en este caso parece haber sido desconocida para su dueño, aunque no me extrañaría que el molinero hubiese tenido muchas otras experiencias psíquicas que tomaron una forma menos pública. Es este el motivo por el cual la aparición no se le presentó directamente al magistrado, sino que sólo pudo acercarse a él por mediación de un mensajero. Es probable que el espíritu buscara durante algún tiempo antes de encontrar al médium apropiado, del mismo modo que el sargento Davies necesitó diez meses para localizar al nativo de los Highlands dotado de las cualidades psíquicas que le permitían establecer una comunicación. La ley, y la obediencia a la ley, son una constante en este ámbito. También ha quedado abundantemente demostrado que la confiada muchacha que fue traicionada con la cínica ingratitud que se ha visto, se llevó consigo al otro mundo sus comprensibles sentimientos de indignación y su sed de justicia. Un detalle curioso es que recobró la conciencia instantáneamente después de su muerte, lo que le permitió observar los movimientos de su asesino. ¿Con qué órganos? puedo uno preguntarse. ¿Con qué órganos vemos los detalles que se nos aparecen en un sueño? Hay algo más que nuestros ojos materiales.

Cabe, en este punto, una objeción de lo más razonable, consistente en preguntarse por qué tantas personas inocentes han sufrido la muerte, sin que ninguna fuerza sobrenatural acudiera en su ayuda. Cualquier crimonólogo podría enumerar, sin pensárselo dos veces, una docena de casos en los que hombres inocentes han ido al patíbulo. ¿Por qué no fueron salvados? Todo lo que he escrito hasta ahora ha sido en vano, si no le ha permitido al lector contestar la pregunta por sí mismo. Si no hay medios físicos para hacerlo, en tal caso es imposible. Puede parecer injusto, pero no es más injusto que por ejemplo el hecho de que un buque provisto de radio pueda salvar a sus pasajeros, mientras que otro desaparece para siempre. El problema del sufrimiento inmerecido forma parte de ese problema más amplio, el de las funciones del dolor y de la maldad, que sólo puede explicarse suponiendo que ésa es la única manera de corregirse y elevarse espiritualmente, y que ese fin es tan grandioso, que los medios, en comparación, carecen de importancia. Debemos aceptar esta explicación provisional, si no queremos enfrentarnos al caos.

¿Pueden esas nebulosas fuerzas que vislumbramos por encima de nosotros y a nuestro alrededor, ser utilizadas en provecho del hombre? Sería degradante emplearlas para fines puramente materiales: en mi opinión, eso atraería sobre nosotros algún tipo de venganza; pero, allí donde los intereses de la justicia están en juego, estoy convencido de que podrían, en efecto, ser encauzadas hacia buenos propósitos. Y voy a ofrecer un buen ejemplo de ello.

Dos hermanos, Eugène y Paul Dupont, vivían, hace unos cincuenta años, en la calle Saint-Honoré de París. Eugène era banquero, y Paul hombre de letras. Eugène desapareció. Se hicieron todos los esfuerzos imaginables para encontrar su rastro, hasta que la policía, habiendo perdido toda esperanza de éxito, abandonó el caso. Pero Paul era un hombre tenaz, y en compañía de un amigo, Laporte, visitó a la señora Huerta, una conocida vidente, para solicitar su ayuda.

No sabemos si se entregaron a la vidente muchos objetos personales del desaparecido, del mismo modo que se dan a un sabueso para que siga una pista, pero fuese o no por medio de la psicometría, lo cierto es que la señora Huerta, en estado hipnótico, entró rápidamente en contacto con el pasado de los dos hermanos, a partir de la cena en la que se habían visto por última vez. Describió a Eugène, y siguió sus movimientos desde el momento en que salió del restaurante hasta que entró en una casa que fue identificada sin dificultad por sus oyentes, aunque ella no pudo darles el nombre de la calle. Refirió entonces cómo, dentro de la casa, Eugène Dupont había mantenido una entrevista con dos hombres, a los que describió; cómo había firmado cierto papel y recibido un legajo de billetes. Después de lo cual, le vio salir de la casa; vio cómo los dos hombres le seguían, y otros dos se unían a ellos, hasta que finalmente vio cómo los cuatro asaltaban al banquero, le asesinaban y tiraban su cuerpo al Sena.

A Paul, la narración le convenció, mientras que su amigo Laporte no le prestó crédito. Sin embargo, tan pronto como llegaron a casa, se enteraron de que el cadáver del desaparecido acababa de ser sacado del río y estaba expuesto en la Morgue. La policía, no obstante, se inclinaba por la hipótesis del suicidio, pues se le había encontrado en los bolsillos una importante cantidad de dinero. Pero Paul Dupont estaba mejor informado. Partió en busca de la casa, descubrió que sus habitantes negociaban con la empresa de su hermano, supo que estaban en posesión de un recibo por la cuantía de dos mil libras a cambio de billetes pagados a su hermano en la noche del crimen, billetes que no aparecían por ninguna parte. También se descubrió una carta fijando una cita.

Los dos hombres, padre e hijo, apellidados Dubuchet, fueron detenidos, y las piezas del rompecabezas que todavía faltaban pronto aparecieron. La agenda que estaba en posesión de Eugène Dupont en la noche del crimen fue localizada en el escritorio de Dubuchet. Se hallaron también otras pruebas, y finalmente los dos granujas fueron declarados culpables y condenados a cadena perpetua. La médium no fue llamada como testigo, alegando que no era consciente en el momento en que tuvo la visión, pero es indudable que sus revelaciones condujeron al descubrimiento de los asesinos.

Está claro, en este caso auténtico, que la policía se habría evitado muchas molestias y habría ganado mucho tiempo si hubiera empezado por consultar a la señora Huerta. Y si esto es obvio en este caso, ¿por qué no lo sería en muchos otros? Debería ser posible, en todo gran centro policial, recurrir al mejor vidente u otro médium disponible y utilizar sus servicios libremente, por si pudieran ser de alguna utilidad. Claro está que no son infalibles. Tienen sus días de escasa inspiración, y sus fallos. Jamás debería condenarse a un hombre basándose en la declaración de un médium como única prueba. Pero si se trata de sugerir, de dar pistas, para eso sus declaraciones pueden ser valiosísimas. En el caso del señor Foxwell, el agente de Bolsa que cayó en el Támesis hace algunos años, todo el mundo sabe que la forma en que murió, y el lugar en que aparecería su cuerpo, fueron descritos por Von Bourg, el vidente que utilizaba una bola de cristal.

Me arriesgo a afirmar que el mero conocimiento de que la policía cuenta con un aliado contra el cual hasta las más astutas precauciones resultan inútiles, sería, en sí mismo, un freno para el crimen premeditado. Esto resulta tan obvio, que si no fuera por vagos prejuicios científicos y religiosos, seguramente se habría hecho hace mucho tiempo. La adopción de esta medida puede ser uno de los primeros beneficios prácticos y materiales ofrecidos por la ciencia psíquica a la humanidad.